张生

著

花城出版社

中国·广州

图书在版编目（ＣＩＰ）数据

投档线 ／ 张生著. -- 广州：花城出版社，2022.6
ISBN 978-7-5360-9424-6

Ⅰ．①投… Ⅱ．①张… Ⅲ．①长篇小说－中国－当代 Ⅳ．①I247.5

中国版本图书馆CIP数据核字(2021)第094637号

出 版 人：张　懿
责任编辑：许泽红
技术编辑：凌春梅
封面设计：东合社·安宁

书　　名	投档线
	TOUDANGXIAN
出版发行	花城出版社
	（广州市环市东路水荫路 11 号）
经　　销	全国新华书店
印　　刷	广东鹏腾宇文化创新有限公司
	（广东省珠海市高新区唐家湾镇科技九路88号10栋）
开　　本	880 毫米 ×1230 毫米　32 开
印　　张	7.25　1 插页
字　　数	160,000 字
版　　次	2022 年 6 月第 1 版　2022 年 6 月第 1 次印刷
定　　价	50.00 元

如发现印装质量问题，请直接与印刷厂联系调换。
购书热线：020-37604658　37602954
花城出版社网站：http://www.fcph.com.cn

目录

第一章　1

第二章　15

第三章　23

第四章　40

第五章　47

第六章　53

第七章　65

第八章　72

第九章　97

第十章　115

第十一章　127

第十二章　143

第十三章　160

第十四章　165

第十五章　172

第十六章　178

第十七章　191

第十八章　203

第十九章　215

目录

第一章

"看,那两个人就是北飞的。"

在敦煌飞天宾馆的莫高窟餐厅里,老张把堆得像小山一样的餐盘放在桌子上,拉开椅子坐了下来。他伸手把额头上仅剩的一缕头发往后面的光头上撸了一下,就像黑帮分子接头一样,压低声音,向也在对面坐下来的李果递了个眼色。

"啊,北飞的招生老师也住这里?"

李果刚把盛着两片面包和一点蔬菜沙拉的餐盘放在桌子上,正准备端起杯子喝口难喝却著名的雀斑牌速溶咖啡提提神,突然听老张说北京飞航大学(简称"北飞")的人也在这里,而且竟然就近在咫尺,他忍不住惊呼了一声。因为北飞正是他们德华大学的竞争对手,这次他们来敦煌招生,其实就是来和北飞抢生源的。老张立即在嘴边竖起一根手指头,示意他轻声点,以免打草惊蛇。李果赶紧闭上了自己张开的嘴巴,还好旁边的人似乎都在低头窃窃私语,没有谁注意到他们的对话。

昨天一天真是累坏了。他和老张一大早就到浦东机场搭乘从上海飞往敦煌的早班飞机,原以为下午就可以轻松抵达敦煌,还有时间去看看他很想去的莫高窟之类的地方。但没想到他们的飞机直到下午才起飞,又在西安中转了一下,到敦煌已经快半夜了。入住宾馆后他又洗了洗,等倒在床上已经一点多了。今天早上老张叫他下来吃早餐时,他还没有从长途旅行和睡眠不足导致的昏昏沉沉的状态中完全苏醒过来。但现在突然听老张说北飞的人也在这里,他就像喝了杯双份的原版意大利"爱是陪你说"(espresso)浓缩咖啡一样,猛地清醒了过来。他端起咖啡杯,假装吹了吹杯里冒出的热气。其实这种从保温壶里倒出来的开水冲泡的速溶咖啡根本没有任何热气,只是徒具形式而已,但他还是勉强喝了一口,然后举起杯子遮住自己的脸,开始贼眉鼠眼地在周围的人里寻找北飞的招生老师。

刚才李果跟着老张来到这个设在宾馆一楼名为莫高窟的自助餐厅时,他还有点迷迷糊糊,现在他才有心思仔细看看周围的环境。这个餐厅大约有半个篮球场大,是个金字塔形的建筑。一共有三面墙。其中的两面墙上画的都是各种飞天、佛像,以蓝、绿、红三色为主,灿烂辉煌,尤其是那些飞天衣袂翩翩,或反弹琵琶,或横吹笛子,无不栩栩如生,飘飘欲仙,给人感觉此刻犹如正置身于莫高窟中用餐,耳边仙乐悠扬,让人有出世之感,浑然而不知肉味。李果想大概真的莫高窟也莫过如此。不过,他注意到除了自己在盯着这些飞天妹妹眉来眼去之外,旁边的人都在埋头吃饭,好像没有谁对墙上的莫高窟的仿真壁画感兴趣,像他一样东张西望,坐立不安。他转头朝第三面墙看去,这面墙其实是一扇巨大的三角形落地玻璃窗,可以看见外面的院子里成排的白杨树和已经开始闪亮的阳光。那两面画着飞天的墙边的长桌上摆着亮晶晶的长方形不锈钢布菲炉，靠玻璃墙的这一侧和中间整整齐齐地摆着几排铺着白色餐布的方桌，又让人觉得这个餐厅有一种融古典与现代于一体的感觉。可当他忽然看到玻璃墙上竟然绘制有这个金字塔餐厅的图案，还有咖啡杯上、餐巾纸上印制的同样的图案时，却忽然想起了建筑大师贝聿铭在罗浮宫广场搞的那座著名的玻璃金字塔，这让他顿时觉得这个建筑不无山寨之感，甚至有点不伦不类。

不过，对此李果并不惊讶，国内建筑山寨国外建筑早已是公开的秘密，他感到惊讶的是餐厅里出现的奇怪的一幕。因为几乎每张桌子前都坐有戴着近视眼镜的人，他们穿着有领的Polo衫和圆领的T恤衫，前胸后背上还都印着大学的校名或者校徽，在吃东西的时候不时还交头接耳说着各种口音的普通话，发出像苍蝇一样嗡嗡嗡的含混的响声，甚至让餐厅里反复播放的古琴曲《阳关三叠》的深沉苍凉的乐声都变得朦朦胧胧、虚无缥缈起来。一看即知，这些人和他们一样，都是来这里招生的大学老师。不过，他们还没换上德华的圆领衫，老张还是一副很有型的上海白领打扮，白衬衫黑西装，整整齐齐，没有打领带，衬衫的领口也敞开着，举手投足之间，颇有点上流精英的感觉。而他就像老张的小跟班，穿着蓝白格子的短袖衬衫和牛仔裤，眉眼乱动，很像是来敦煌出差的商务人士。所以坐在这里的人还不一定知道他们是德华的老师。

李果喝了口咖啡,朝左前方的那张桌子扫了一眼,那两个穿着灰色圆领衫的人是国家科技大学的。可能因为校名字数太多,郭沫若题写的校名字体又较为雄浑,印在后背上,就像是特殊人群的衣服肩膀上缝的那块黑白条纹布一样,预示了科大学生未来悲催的"科技奴隶"的命运。但他们的招生利器却并不是号召学生来科大后当个高科技人才,而是科大超高的出国率,尤其是出美国率,他们常用的口号是华尔街上搞金融的中国大学生里科大的学生最多,远超北大,让人觉得读科大"钱"途无限。再往前一张桌子旁的两个头发花白的中年女老师是京都师大的,她们的胸襟上印了师大的校训"学为人师,行为世范",启功的字印在胸襟上效果比郭沫若的要好一点,不过,他的字就像光秃秃的麻秆一样,多少显得寒酸了些,不知道这是否意味着京都师大的学生未来贫寒的教书匠生活。古有"家有五斗粮,不做孩子王"的圣贤遗训,毕业后当个中小学老师其收入之低可想而知。但天无绝人之路,京都师大的招生老师也有自己的撒手锏,他们的口号是到师大读书,立即养活自己。因为师大的公费师范生有国家发放的丰厚的师范助学金,四年不仅不需要家里出钱,还可以为家里赚点钱,所以也吸引了一些家境清寒的子弟。再往后的桌子旁是穿着红色的Polo衫以表示自己根正苗红的北京政经大学的人,按照老张多少有点不服气的说法,政大没有硬专业,都是些软的人文社科之类的玩意。可现实却不以老张的意志为转移,因为政大一直有"中央第二党校"的红色基因,毕业生很多都能去党政机关给领导拎个包,拉个车门什么的,所以一直深受各地热爱考公务员的考生和家长的追捧。在北方一些深受孔孟之道影响的省份,如山东、河南等地,该校高考录取的文科分数直逼北大,当然,政大的高考理科分数也不差,不说别的,其分数线在全国各地竟然都比老张引以为傲的拥有建筑、土木、机械、汽车等硬专业的德华还高很多,这颇让人无奈。

　　因为没看到这边有北飞的人,李果把眼睛又转到了右边。右前方的桌子旁坐的是三个杭州之江大学的人,他们银色的Polo衫竟然是以生产奢华内裤著名的CK的当季产品,后背上印了个巨大的圆形校徽,校徽里有只翅膀上都是锯齿的小鸟,很像阿玛尼的商标,这无疑暗示着之大富甲一方的雄厚的财力。而且自从马云的阿里巴巴在杭州崛起后,之大的人总是有意无意地暗示考生阿里巴巴是之大的"校办"企业,之大是马云的"亲爸爸",让人感觉之大富可敌国,是个"淘宝大学"。当然,事实上也是如此,他们在招生中出手阔绰,经常使用"核武器",动辄重奖高分考生几十万人民币,让考生和家长很难拒绝他们爱惜人才的诚意,甚至有的考生和家长被其殷殷之情所感动,不惜放弃清华而选之大。之大后面桌子的两个小伙子是上海工大的,他们把校徽印在了胸前,圆形的校徽外面是一圈齿轮,里面是个打铁的铁砧,上面装模作样放着几本没有书名的书。据说这个铁砧是从麻省理工的校徽里借鉴的,以表示上海工大是"东方的麻省理工",这也是上海工大招生的口号。可遗憾的是,当时上海工大借鉴麻省理工的校徽时却少要了一样东西,那就是铁砧上少了一盏麻省理工校徽里代表艺术和文学的"阿拉丁"神灯,这顿时让上海工大的学生沦为了工厂里打铁的苦力或者给人打工的码农,而不是像麻省理工的学生那样的AI(人工智能)人士,可以搞出机器狗、机器猫之类的高级机器人来。

在靠窗的一张桌子旁,李果突然看到了母校南京金陵大学的一男一女两个招生老师,他们穿着紫色的T恤,背上印着一个小小的独特的盾形校徽。李果不禁感到很亲切,因为盾形校徽在一堆圆形大学校徽中显得与众不同,他觉得金大的校徽有一种超凡脱俗的感觉,显示出了金大所蕴含的某种典雅的风格,而校徽里两头六朝的辟邪和中间高耸的雪松,也传达出中国大学少有的某种沉稳的气度和古典的精神。这也是金大标榜的东西,当年金大的招生老师就说,"金大不在北京,没有官场的势利;也不在上海,少了金钱的干扰;但又不像内地那么闭塞;很像波士顿的哈佛,是个做学问的好地方",这才把有点书呆子气的他吸引到金大的。可李果自从前几年从金大毕业到上海工作后,虽然高铁从上海到南京须臾可达,可他还没回过母校,如今在万里之遥的塞外古城,竟然遇到母校的老师,他难免心潮澎湃。也许,在这个飞机和高铁的时代,王维的"西出阳关无故人"的诗句应该改成"西出阳关有故人"才对。他想是不是等会顺便主动去跟金大的那两个老师打个招呼,尤其是那个留着短发、长着一张圆圆的娃娃脸的女老师,和他年龄差不多,看起来就像他在读书时曾在金大的某个食堂或者图书馆里见过似的。

这时,突然传来哐里哐啷几声震响,餐厅里一下子安静了下来,正在说话的人都抬起了头,四处张望了起来。而《阳关三叠》的乐声也忽然变响了。李果循声望去,发现在墙边那一排闪光的布菲炉旁,有个穿着庸俗的比布菲炉还要亮的金色T恤的上海财贸大学的老师,正弯腰去捡掉在地上的塑料餐盘。李果很怀疑他是故意把餐盘掉到地上以吸引眼球的,因为他的圆领衫的颜色真够庸俗的,感觉就差把人民币贴到自己脸上说自己有钱了。看看没出什么大事,大家又都埋头边吃边聊起天来,餐厅里又响起了一片苍蝇叫般的嗡嗡声。

李果也把头转了回来。说真的,如果不是事先知道这里是敦煌的宾馆,看到这么多名牌大学的人济济一堂,就是他本人也十有八九会以为自己正在北京的某个宾馆里参加教育部举办的某个重点大学的重要会议。

"看到他们了吧?"

见李果东瞅西瞧这么久还没有停下来,老张放下手里的咬了一口的面包低声问他。

"没有啊。"

"看我身后的第一张桌子,动作不要太大,自然点。"

为了让李果看得清楚点,老张故意把自己的光头低下来,开始装模作样拿起刀叉在盘子里切一片又瘦又薄的培根。

李果又喝了一口咖啡,把身子努力坐直,可他的目光刚越过老张的光头，就被他身后第二张桌子旁的一个穿粉红T恤的上海震旦大学的女老师吸引了。这个女老师浓眉大眼，烫着大波浪，脸涂得白白的，正一手拿着口红，一手拿着手机往已经红得要滴血的嘴唇上补口红。补好口红后，她对着手机粲然一笑，抿了抿嘴唇，不知道她是拍了个自拍还是照了照镜子，总之一副自我陶醉的样子。李果不禁感到一丝惊悚，因为她的嘴唇比好莱坞著名的大嘴美女朱莉娅·罗伯茨的嘴唇还要大。李果不由得想，面对震旦这个大嘴美女，别说那些幼稚的渴望姐弟恋的高中男生很难抵御其魅力，就是他自己，估计单独面对时也感到情难自控。他正在胡思乱想，这个大嘴美女竟然朝他嫣然一笑。这倒让他觉得自己有点失态，忙把眼睛投向一侧的那两个政大的老师身上，然后用眼角的余光继续深度扫描那个大嘴美女。

可能是看到李果这么久还没看到北飞的人，老张有点奇怪，他放下了那片已经被切成细丝的培根，抬起了自己的脑袋。李果眼前一亮，赶紧把目光从那个大嘴美女身上收回，转到了老张身后的两个穿着蓝色T恤的身形魁梧的北飞男老师身上。他们的圆领衫背上同样印着圆形的像月饼一样的校徽，不同的是里面有架呈45度仰角的白色的胖胖的米格飞机，似乎正在振翅高飞。而这架米格飞机也显示了北飞这所大学不凡的出身。据说20世纪50年代初北飞建校时采用的都是著名的莫斯科航空学院的教材和培养计划，而且请来上课的清一色都是苏联专家，全俄文授课，非常高级。而众所周知，当时我们和美帝已经脱钩，和苏联却正处在蜜月期，崇尚科技救国的爱国青年只能向苏联专家学习，因此北飞一度成为莘莘学子最向往的名牌大学。现在虽然今不如昔，可瘦死的骆驼比马大，加上又是造飞机的，专业比较高精尖，而这些年国家又大力发展航空航天事业，北飞一马当先，自然受到很多学生和家长的追捧。北飞的这两个人里正对着李果的是个酒糟鼻，红红的鼻子又大又挺，感觉就像个胡萝卜一样。不过，不像别人都在边吃东西边聊天，他们两个人默默无语，只是低着头专心吃饭。可李果知道，他们的引而不发并不意味着他们没有实力。去年德华的人在敦煌就被北飞的人剃了个光头，可录取的好几个阳关中学的高分考生都被北飞悉数收割，导致了多年来德华第一次在敦煌出现了颗粒无收的现象。

这也是学院领导让老张亲自出马的原因。这两年学院负责甘肃的招生，如果在各个重点中学和北飞的博弈中老是落下风，高考分数线老是被北飞或其他兄弟院校压着，学院领导在学校领导的眼里也会产生工作不力的印象。而老张曾从事过多年的一线招生工作，有丰富的实战经验，其最骄人的战绩就是有一年曾为学校招来了某省的理科探花。这也是数年来德华高考招生最好的成绩，因为正常的话，这个考生最终不是进北大就是进清华。但老张就是凭借自己过人的能力，虎口夺食，硬是把这个考生搞到了德华，而他的这一案例至今也仍被传为美谈。可是近年来因为要评教授，老张突然发现按照学校的标准，自己课题也没有，论文也缺乏，顿时开始大规模脱发，本来就头发稀疏的头顶也变得更加稀疏。于是他痛定思痛，决定闭门谢客，每天关上手机躲在家里生产核心期刊的论文，反复打磨各种课题的申请书，以求一击中的。为此他还在学院里公开宣布，自己今后不再从事没有显示度和学术含金量的招生工作了，说评职称就是评一个人的课题和论文，招生又不加分，他就是招个状元来也没有用。因此，他这两年已经不再参加学院的招生工作。这一次，李果听人讲，还是院长几次拨响老张家里忘记拔线的电话座机，以情动人，并以理服人，才让他再次出山的。院长告诉老张，现在国家和学校都提出要破除职称评审中的唯论文、唯课题等倾向，所以，今年评职称他将以个人名义提出除了考虑老师的论文和课题外，也要考虑老师对学院工作的付出，尤其是对高考招生的付出。而且现在学校领导也对招生非常重视，他的这个提议也非空穴来风，是建立在对时代的脉搏的深刻把握上的。院长的这番话说得老张怦然心动，考虑到课题申报成功与否生死未卜，投给核心期刊的论文发表时间也非常冗长，这对今年就要评职称的他来说多少有点时不我待。他经过慎重考虑后，毅然接受了院长的建议，再披战袍，火速加入了学院的招生队伍。因为谁都知道，在评职称时院长作为一把手，其意见具有很强的导向性，常常有一锤定音的效果。这对老张来说，当然是个利好消息。

老张决定重出江湖后，立即联系了李果，问他愿不愿意和自己一起到敦煌招生。李果当时正在操场上迎着黄昏的太阳孤独地跑步，突然接到老张的电话还有点受宠若惊。因为老张平时比较高冷，作为老教师，他很少和自己这样刚进校没几年的"青椒"（对大学青年教师的戏称）来往。而且他衣冠楚楚，一年四季都穿衬衫、西装和黑皮鞋，不知道的人还以为他是世界500强公司的资深白领。不像别的男老师以邋遢为美，不是衬衫皱巴巴的，就是外套紧绷绷的，里外都像个民工。稍微像点样子的穿的西装都是淘宝上淘来的劣质西装，扑面而来一股纯正的售楼伙计风，还有的老师干脆把自己弄成大学生一样，穿圆领衫、牛仔裤，或者人字拖，搞得没大没小的，摆出一副要和男学生抢女朋友的样子。在这些人中，老张还真是鹤立鸡群。其实，李果和老张产生联系也很偶然，有一次他早上去上课，正好下雨，他在路上看到老张拿着黑色的公文包顶在头上一步一步地向教室冒雨走去，他赶紧打着自己的伞追了上去，遮住了老张已经略光的光头。当时老张只是简单地对他说了声谢谢。李果想，这次老张之所以叫自己一起去敦煌招生，大概就是因为自己雨中为他撑伞这件事给他留下了良好的印象。当然，还有个原因就是他还没有去过敦煌，而且很想去莫高窟什么的看看，所以就欣然接受了老张的邀请。老张对他说莫高窟很值得一看，自己去年刚到敦煌旅游过，到时候可以当向导，找个时间带他去一趟。这让他对敦煌之旅充满了期待。不过，老张并不老，虽然他头上秃得只剩下了一缕头发，可那是因为聪明不是因为老，他其实只有三十六七岁，比李果也大不了几岁。

老张已经吃得差不多了，他把餐盘里的最后一块西瓜用叉子送进嘴里后,放下亮晶晶的非一次性不锈钢小水果叉,拿起叠成长方形的白色餐巾轻轻地在嘴上按了几下。看着老张的光头在周围的这些大学老师的黑压压的人头中脱颖而出,李果对老张的高瞻远瞩再次佩服不已。这家颇为豪华的宾馆还是老张亲自订下来的。他知道,老张带自己来一起招生,是想让他作为助理帮忙处理买机票、订宾馆等杂务的。而他表现得也非常积极,特地在他们要重点进攻的省重点中学阳关中学的大门对面订了个最近的快捷酒店。并且,考虑到臭名昭著的酒店预订网"血橙网"的杀熟问题,为了省钱,他还在网上查到那家快捷酒店的联系电话,然后直接打电话给前台亲自订下来的。所以,当老张在出发前知道他订了个快捷酒店后,立即建议他换个市中心的好点的星级宾馆时,他还对老张舍近求远有点不解。老张怕他不高兴,就耐心对他解释了一下。因为他们现在代表的是德华这所上海的名牌大学,不是普通驴友来这里穷游,因此,他们无论如何不能住在快捷酒店里,这个和学校的声誉不符合。像德华这样在全国排名前十的大学,他们起码要住在四星级宾馆才行,不然家长看到德华的招生老师居然住在快捷酒店里,不仅会怀疑他们有可能是冒充招生老师的骗子,而且还很容易会对德华的真实地位产生怀疑。老张看他听得一愣一愣地,就又直白地打了个比方说,这就像银行即使金库里一分钱没有也一定要把自己的大楼修得非常豪华一样,否则储户都不敢来存钱。他这才点点头,表示明白了,之前他真没想到招生还有这么多门道。之后,老张亲自在网上挑了这家比较豪华的飞天宾馆，他觉得这家宾馆不仅档次可以，又是由市政府的招待所改的，在当地人心目中具有很好的信誉，而且名字也好听，可以给学生和家长一种一飞冲天或飞黄腾达的感觉。现在看来，老张真是非常英明，如果他们住到了他之前订的那家快捷酒店，在气势上就已经先输了一成。试想家长和考生看到北飞的老师，还有这么多名牌大学的人都住这里，会觉得他们是假的且不说，说不定还真以为德华名不副实呢。

《阳关三叠》的乐声再次循环起来。老张问他吃好了没有，李果忙把啃了一口的哈密瓜扔到盘子里，点头说"好了"。他原想过去跟母校金大的那两个老师打个招呼的，可他朝刚才的那张桌子看过去时，才发现那个娃娃脸女老师和她的同事不知道何时已经走了。不过，这个招呼本来就可打可不打。他就和老张一起离开了餐厅。在电梯里，他忽然想起来没看到北大、清华的招生老师，就问老张是怎么回事。

"北、清的人一般不和我们这些学校的人住在一起的，他们或者住在比我们档次更高级的宾馆里，或者十有八九住在省会兰州。因为他们要的都是全省前二三十名的学生，这些高分考生应该主要集中在兰州的几个中学，和我们基本上没什么关系。而且，敦煌的中学里即使有这样的高分考生，他们的老师也会让他们直接报北、清，基本轮不到我们这些学校。"

"哦。"李果知道北大、清华招的都是尖子生，可没想到现实会残酷到这种地步。

电梯门打开，老张因为住在李果的楼下要先下，他迈出电梯时叫李果等会把他领的德华招生穿的衣服送到他房间，他们换上后就立即带上招生材料去阳关中学做宣传。李果还没来得及说声"好"，电梯门就自动关上了。

第二章

　　李果从电梯里出来，忽然发现北飞的那两个老师正站在前面昏暗的走廊里用房卡开门，可能门锁有点问题，嘀嘀了好几声，门也没打开。他忙放慢了脚步，等他们终于刷开门进了房间后，才快步向自己的房间走去。让他惊讶的是，北飞的那两个人的房间竟然和自己门对门。他不动声色地掏出房卡在门锁上刷了一下，听到嘀的一声响后，轻轻推开了自己的房门，进去后，他又轻轻地关上门。然后，他顾不上把房卡插进取电槽，立即用手机给老张发了个微信，告诉他这个重要的情报，可老张只回了个好像意味深长的"好"字。

　　这时忽然从走廊里传来了开门的响声，李果忙转身透过猫眼看了看对面的房门，门半开着，好像有个人刚进了北飞那两个人的房间，紧接着，门就砰地关上了。他又看了一下，除了在猫眼里对面的门框有点变形外，走廊里空空荡荡的，似乎并没有什么异样。他把房卡插进取电槽，门廊的灯和洗手间里的灯立即亮了，排气扇也传来了嗡嗡嗡的响声。他走进房间，昨晚拉上的窗户的窗帘还没有拉开，空气有点闷。他走到窗前，绕开并排放着的两个椅子和茶几，把厚厚的遮光窗帘哗啦啦地拉开，眼前立即出现了高高的白杨树和开阔的没有遮拦的蓝天。他拉开一扇窗户,很快就从外面刮进来一股清晨的凉风,他深深地呼吸了一口清新的空气,感觉自己的脑袋也像远处"一丝不挂"的蓝天一样清爽起来。

因为要尽快去阳关中学做宣传,要抓紧时间,他还得马上上个厕所。可走到洗手间门口后,他却忽然发现自己两手空空,就回身从放在电视机柜旁的行李箱里拿出一份德华的招生宣传册,然后才重新走进洗手间坐在了马桶上。俗话说:"临阵磨枪,不快也光。"他想在上阵前再熟悉熟悉相关的招生信息,如最近几年德华在甘肃的分数线啊,考生的排名啊之类的家长和学生最为关心的东西。其实,早在来之前他就看了无数次,在飞机上老张昏睡时他抓紧时间翻了好几遍,不夸张地说,宣传册上的内容他几乎已经倒背如流了。

看到宣传册里犹如结婚照一样并排印着的书记和校长的皮笑肉不笑的照片,他不禁想起上个星期的那场让人难忘的誓师大会。在全校五百名招生老师即将奔赴全国各地招生前,学校特地在大礼堂召开了招生动员大会。这次招生动员会规格极高,书记和校长同时出场。一般来说,在学校里,书记和校长双剑合璧的情况并不多,正常的话一年只有新生开学和毕业生离校两次宝贵的机会才能看到他们一起穿着白衬衫、打着红色领带坐在主席台上,其他时间他们两人则形同陌路,虽鸡犬之声相闻,却老死不相往来。所以这次会议学校通知大家不仅不准缺席,还要求现场签到，以见证这一重要的历史时刻。在大礼堂门口，大会工作人员在发给大家会议材料的同时还前所未有地给每人发了一瓶矿泉水，让人受宠若惊。而走进会场后，更是灯火辉煌，人头攒动，主席台上的白色的银幕和两侧墙上悬挂着的巨大的电子显示屏也全都打开，很有一种高端的国际级会议即视感。

当然，在这种重大的场合，必须遵循党指挥枪的原则，作为党在学校里的最高代表，个子高高的书记首先上台发言。书记过去是市里的高级干部，前年才调到德华任职，多年的宦海沉浮和政界历练，使他十分注意自己的形象。听人讲，平时他的穿着与《新闻联播》里出镜的领导人的风格始终保持一致。这让人不禁浮想联翩，是否我国的高级官员每天穿什么衣服都有人提前通知。今天同样如此，书记的穿衣显然非常符合春末夏初的领导着装要求，他的长袖白衬衫扎在黑西裤里，虽然衬衫的两个袖口是扣着的，可领口的第一颗扣子却很得体地解开，让人有一种既严肃又活泼的感觉。这似乎是在告诉大家，他虽然已是副部级的高官，但随时可以向台下的广大教职员工敞开自己的心扉。而且，他的演讲也具有一种高雅的风格，他经常使用成语，并且善于运用排比和对偶句，讲起话来喷金溅玉，完全可以做中学生作文的范文。更重要的是，他还对党的话语烂熟于心，信手拈来，举重若轻，常常起到画龙点睛的效果，让人叹为观止。这次演讲也不例外，在强调了此次招生的深刻意义后，他高屋建瓴地说："招生就像红军长征一样，长征是什么，招生就是什么。毛主席曾经说：'长征是宣言书，长征是宣传队，长征是播种机。'各位老师出去招生同样也是一场长征，因此也是德华的宣言书、德华的宣传队、德华的播种机。"最后，他提高声音，以小平同志的"不管白猫黑猫，捉到老鼠就是好猫"这句话结束了这次必须的、重要的讲话。

在主持人的率先鼓掌下，李果跟着旁边的老张也鼓起掌来。尽管他觉得书记的讲话非常宏观，基本不触及具体问题，但却感到铿锵悦耳，跌宕起伏，让人产生共鸣。他想，这点很像国外的那些好听的外语流行歌曲，即使听不懂歌词，可只听听音乐，也是极好的。唯一有点让人困惑的是，书记在演讲中多次称大家为五百壮士，说此次出征的五百个老师让他想起了汉朝的田横和五百壮士的故事，相信并且祝贺他们此次招生将会夺取伟大胜利。李果有点蒙，他感觉不是书记，就是书记的秘书脑子出了问题，才引用了这个例子。这个故事的结果很悲惨，田横实际上是个悲剧人物。他曾经在刘邦取得天下之前占地为王，刘邦得势后有意召见他归顺，可他怕受刘邦侮辱，在去见刘邦的路上自杀了。之后他的五百个脑子有问题的兄弟也都出于所谓的义气在他墓前一起自杀了，当然还有人说他们一起跳海死了。但不管怎样，书记把他们称为田横的五百壮士，这是不是预示着此次招生的不祥结局呢？好在德华是个理工科大学，台下的五百壮士里绝大多数是学理工科的，比如老张就没有任何反应，所以，他只好也跟着大家噼里啪啦地拍起巴掌来。

可掌声未落，校长就一个箭步冲上台来。他原来是搞计算机的，现在是搞时髦的人工智能的专家。在当校长前，他穿着上主要山寨乔布斯，经常穿着牛仔裤和黑T恤在校园里乱转。当了校长后，他虽然也开始白衬衫黑西裤黑皮鞋了，但不知怎么搞的，同样的这身打扮，和书记比起来，穿在他身上，就少了那么一点韵味，不是衬衫的领子不够挺括，就是西裤的裤腿没有形状。今天他的衬衫和西裤挺括了，可是头发却乱糟糟地搭在额头上，让人感觉像个传说中的"挨踢"（英文"IT"，即信息技术）民工。他拿着遥控器先打开了自己演讲的PPT（一种电子演示文稿），然后不无兴奋地告诉大家，为了今天的演讲，他昨天晚上特地熬夜做了个动画作为此次会议的彩蛋，在他演讲结束时，他将要向大家释放这个彩蛋。接着，他开始与下面的听众一起分享了北飞与德华去年的招生情况。随着他身后的有两三层楼高的大银幕上的PPT一张张展开，各种颜色的柱状图和曲线图上下跳动，下面的人逐渐传来了惊讶的议论声，而李果也逐渐像大家一样意识到了问题的严重性。

当最后一张PPT定格在一张巨大的中国地图上时，几乎所有的人都惊呼起来。在去年的理科高考录取分数线的竞争中，德华基本上被北飞击溃。因为在内地32个省市区里，北飞居然有19个省级行政区力压德华。在地图上，德华是红色，北飞是蓝色，可以看到地图上北方一大片蓝色，而德华的红色被压缩在上海及内地的几个南方的省级行政区，猛一看，很像反映解放战争时期的电影里常见的白区和红区的形势图，让人有种黑云压城城欲摧的感觉。而德华和北飞的高考招生理科排名一直在第九至第十名浮动，这几年虽然各有胜负，可彼此之间的差距也就两三个省级行政区而已，可谓势均力敌。现在竟然有6个省级行政区的差距，不得不承认，德华今年的形势非常严峻。

而且，更加可怕的是，校长沉重地补充说，历年排名第十一位的同城的财贸大学去年也有好几个省超过了德华，为此他们曾奖励了这些省的招生人员一大笔钱。据财贸大学的内线讲，他们今年想在全国一半的省超过德华的录取线，甚至取而代之。虽然财贸大学此举是狼子野心，但现在看来也非完全痴心妄想。虽然由德国人创办的德华在民国时期以医学和工程享誉海内外，可新中国成立后，经过院系调整，原来的医学和工程被拆得七零八落，最终变成了一所以土木建筑类为主的大学。这些年德华虽然也顺应潮流搞了些时髦的专业，如人工智能什么的，号称综合性大学，但当家的还是土建类的专业。可当下财经金融正是热门，财贸大学被考生追捧显然也是正常的。现在德华的形势，就是前有强敌，后有追兵，稍有不慎，就会跌到第十一名。因此，德华现在到了最危险的时候，绝非危言耸听。

校长讲完这些话后，大家一片沉默。老张也侧过头对李果说："看来德华确实很危险了。中国人讲数字的习惯，最多说到九和十，比如九制陈皮、十全大补丸等，还真没人讲过十一什么的。要是德华今年跌到十名开外，那基本上也就跌出了名牌大学的底线。"

李果知道老张不是在乱说,他因为评职称写核心期刊论文焦虑得脱发兼失眠,最近一直在吃各种中药调理,对中药里带数字的药名比较熟悉。他正想附和老张一下,校长身后的大银幕突然变黑了,不知从什么地方传来了抗战歌曲《大刀向鬼子们的头上砍去》,接着出现了一枚红色的德华的校徽,中间是两把闪亮的交叉的瓦刀,校徽缓缓旋转了一圈之后,一把锃亮的瓦刀从校徽里飞了出来,向从银幕深处出现的一只蹦蹦跳跳、又萌又蠢的蓝色的公鸡头上不分青红皂白地砍去。这些年来,在民间的段子里,因为德华是土建类的大学,常被人称为上海的泥瓦匠大学,其标志就是这两把校徽里的泥瓦匠用的瓦刀,而北飞也被民间戏称为北京飞机大学,其标志则是一只公鸡。大家沉默了片刻之后,随即反应过来,这就是校长昨晚熬夜做的彩蛋。到底是搞人工智能的,那把瓦刀也好,那只蓝色的公鸡也好,做得跟真的一样。随着那只北飞的公鸡被德华的瓦刀剁成肉酱,大礼堂里爆发出了经久不息的雷鸣般的掌声和笑声。

可真正的高潮还在后面,主持人说,为了不违反八项规定,今天的动员会就不请大家喝壮行酒了,但是可以请各位老师临行前吃块蛋糕。随着主持人不无谄媚地邀请书记和校长上台,工作人员用手推车把一个白布蒙着的巨大的蛋糕推到他们面前。大家都翘首以待,有的还从座位上半站了起来,想看看蛋糕到底是什么样子的。没想到主持人把蒙在蛋糕上的白布揭开后,竟然出现了一只引吭高歌的五颜六色的奶油公鸡。这自然是北飞的象征和图腾了。只见书记和校长含情脉脉地相视一笑,各自从手推车上拿起一把特制的明晃晃的瓦刀,对着那只公鸡砍了过去。众人看着鸡头和鸡屁股瞬间落地,下面又响起了一阵更热烈的掌声和尖叫声。

大家早听说书记和校长历来不和,如今大敌当前,两人均捐弃前嫌,确实不易。这样既表示了两人的团结,也表示了同仇敌忾,以及"兄弟阋于墙,外御其侮"的决心。李果不禁也被深深地感动了。他忍不住激动地对老张说,要是北飞的人看到这一幕,肯定会颤抖。可老张在旁边不以为然地把光头上垂下来的那缕头发往后撸了一下,说北飞就是因为不搞这些形式主义的东西才让德华颤抖的。当然,不管怎样,他们都要做好自己的事,那就是一定要在敦煌击败北飞,让高分考生报德华。

李果正在胡思乱想,放在外面的手机忽然响了一声。他忙从马桶上起来,提起裤子,顾不上系皮带就从洗手间走了出来。他拿起扔在床上的手机看了看,原来是老张在微信里问他准备好出发了没有,他立即回了个"好"。

第三章

李果背着装满招生资料的双肩包匆匆来到老张的房间时,老张正在打电话,听到门铃声把门打开后,他竖起左手的食指叫李果先不要说话。可李果刚把背包放到床上,他就打完了电话。

"好了,刚才已经和阳关中学的教务主任王主任联系上了。我们马上就去找他,让他尽快给我们安排宣讲时间。"老张转过身,拿过床头的皮鞋,撩起雪白的床单擦了一下皮鞋,然后脱下宾馆的一次性拖鞋,开始换鞋。

"考生的分数什么时候出来?"李果把背包拉开,把学校发的衣服拿出来放在床上。

"今天下午公布,到时候兰州的招生组会从省招办搞到考生的具体信息,然后他们会立即把敦煌的高分学生名单发给我们。所以,最好下午我们就对学生宣讲,争取抢在北飞前面,趁热打铁。"

"北飞会去吗?"

"不知道,但他们肯定不会闲着,估计刚才那两个北飞的人也不是吃素的。对了,中午本地有个德华的校友要请我们吃饭。他已经提前订好饭店了,我们等会去阳关中学办完事后就直接去饭店吃饭。"

"哦,是吗?你认识他?"李果有点惊讶。

"不认识,我来之前找学校校友会的人联系的,这个校友是这里的一家建筑设计公司的老总,让他为我们接个风。"

"是这样啊。"李果不禁觉得老张有点神通广大,竟然能在敦煌这样的地方挖掘出了一个校友来。

"俗话讲:'兵马未动,粮草先行。'校友会的人说这个校友混得不错,前几年校庆时还给学校捐了一百万,对母校的人很热情。"老张简单解释了一下,"我们这也是给这个富豪校友一个回报母校的机会,不然他在这里锦衣夜行,母校没人知道,也很难过的。再说,多个熟人多条路,万一我们有什么事情也可以找这个校友帮帮忙。"

"到时候,不知道可不可以麻烦他安排我们去一下莫高窟?"李果被老张的话逗笑了,不过,他感觉老张做事情还真是很周到,如果是他一个人来这里招生,肯定是想不到这一层的。

"在敦煌去莫高窟算什么,一句闲话,这都不算个事情,他肯定乐于效劳。"

老张换好皮鞋从椅子上站起来,跺了跺脚上擦得又黑又亮的皮鞋,左右欣赏了一下,然后,他从床上拿起李果给他的那件招生办发的圆领衫,撕开外面的透明塑料包装袋,抖开了衣服。可他只看了一眼就惊叫了一声。

"这是谁设计的?真是十三点!"

看到老张手里抖开的这件猪肝色圆领衫，李果不禁也有点吃惊，原来圆领衫的前面密密麻麻印的都是字，就像一张人肉的统计报表，上面写着德华有几个院士、几个国家重点学科、几个博士点、几个图书馆、几个食堂等，左一行右一行，白花花的，让人看着就头晕。

"确实，字有点多。"李果也抖开了自己的那件圆领衫。

"就差把德华有几个厕所印上去了！"老张把圆领衫翻过来，看见德华的圆形校徽印在背上，校徽当中的那两把交叉的黑色的瓦刀猛一看就像是个巨大的叉"×"。老张不禁发起火来，把圆领衫揉成一团扔到了床上。

"这他妈真是脑子进水了，校徽怎么能用黑色印，学生看到这个大黑叉'×'，说不定条件反射，还以为自己做错题了。"

"是有一点，不过，只要他们不觉得报德华不对就可以了。"李果也看了看那个印在背上的黑校徽，感到老张的粗口爆得情有可原。其实，这个问题很好处理。或者可以在校徽里只放一把瓦刀，做成波斯弯刀的形状，看起来像个对号就好了。或者把瓦刀的刀把做得短一点，这样也像个对号就可以了。不过，他估计当初设计校徽的人没有老张这么深刻的思想。

"那我们怎么办，还穿不穿？"

"穿，当然要穿，不然到时候你说是德华的，谁信？而且别的学校的人都穿了，就我们不穿，学生看我们还以为我们是哪个野鸡大学的，不好意思暴露身份呢。"

老张边说边脱下自己身上的宽松的深色全棉衬衫，拿起圆领衫准备穿在身上。穿了一半，他忽然发现尺码不对，脱下来一看，竟然是小号，就问李果手上的是什么号的。

"我的也是小号。"李果看了看手上的圆领衫。"不对啊，当时我去招办领圆领衫的时候还告诉他们给我们两件大号的。"

"算了，穿小号衣服性感。"老张重新把圆领衫套在了脖子上，"你有没有多领两件？我们起码得有两件啊，这样可以换洗一下。"

"没有，我只领到两件。不过，这可能是我的问题，我应该向他们多要两件的。"李果感觉自己有点失误，他去招办领衣服时没有说领几个人的衣服，发衣服的人可能以为只有他一个人，所以只给了两件，而且，他当时也确实没有检查圆领衫的大小。

"没事的，这也不是什么大问题。"老张挥挥手，叫他不要多想，"你先把衣服穿上再说，我们要早点到阳关中学。"

老张和李果的身材差不多，都是中等个头。不过，他比李果要胖很多，两边胸脯和中间的小肚皮都已经高高凸起，穿着西服衬衫时还不怎么能看出来，使劲穿上圆领衫后，衣服紧紧地绷在身子上，一圈一圈的就像是米其林的轮胎人，他的胸脯上也因此凸起了两个点，非常显眼。而且，因为圆领衫有点短，老张的一截白白的肚皮也若隐若现露了出来，这很像前段时间引起世界关注的"北京比基尼"的穿衣风格。李果差点笑了出来，他怕自己也像老张那么性感，又是凸点，又是走光，就索性把圆领衫套在了自己的衬衫外面，这样紧是紧点，可好歹不会像老张那样"春光乍泄"了。

他们打的到阳关中学时才八点多，学校的一人多高的伸缩门紧闭着，后面是一条笔直的主干道，两边绿树成荫，不过空无一人，道路的尽头似乎是个体育场的高大的门楼。老张走到门卫室，对站在门口穿制服戴大盖帽的门卫打了个招呼，告诉他自己是上海德华大学的招生老师，已经和教务主任王主任约好了在行政楼见面。这个门卫是个五十多岁的大叔，人很和气，讲一口口音很重的普通话，让老张报一下王主任的电话号码。老张立即拿出手机找到王主任的号码让他看了看，他就回到门房打开了电控的侧门。李果正要进去，老张忽然想起了什么，叫他把背包里带着的德华大学的红色校旗拿出来。然后老张把手机递给门卫大叔请他给他们在校门口拍张照片。门卫大叔接过手机后，老张和李果各拉着德华的校旗一角站在阳关中学门口，让他拍了好几张照片。拍好照片，老张接过手机时对门卫大叔说了好几声"谢谢"，然后顺口问他有没有别的大学招生的老师来。门卫大叔摇摇头：

"没有，没有别的大学的人来，你们是最早来的。"

老张听到这句话转头对李果意味深长地笑了笑。走进学校后，老张边走边立即把这张照片发到了学院在甘肃的招生群里，告诉大家他们已经开始行动了。李果看到后，赶紧在群里伸出个大拇指，点赞了一下。他觉得老张的确值得点赞，如果不是老张

27

一大早就把他从床上叫起来,这个时候他可能还在房间里昏睡。

阳关中学很大,进门后的大路两边是两幢四层的粉色教学楼,路边栽着成排的又高又直的白杨树,甚至长得比楼还高。在明亮的阳光下,白杨树紧紧簇拥着树干的枝叶就像一团团上升的深绿色的火焰。可能是因为今天是星期六,学校里显得空空荡荡的,看不到一个老师和学生。除了风吹在白杨树的树叶上发出的沙沙的声音外,没有别的声音。李果和老张都是第一次来阳关中学,也不知道行政楼在哪里。他们站在路口,四处张望了一下,也没有看到指示牌之类的东西,后来还是老张拿出手机给王主任打了个电话。很快,王主任就不知道从哪里冒了出来。

"请问哪位是德华的张老师?"

李果听到身后有人招呼,忙和老张转过身去。

"是王主任吗?你好,我就是。"老张赶紧迎上去伸手和王主任握了握,接着又介绍了一下站在旁边的李果,"这是我们一起来的李果老师。"

"辛苦,辛苦。"王主任很客气地也和李果握了握手。

王主任三十出头的样子,个头不高,但很结实,白色Polo衫的袖口都被肌肉撑得紧紧地。他戴着一副足有半个脸那么大的会变色的近视眼镜,看不清在阳光下已经变黑的镜片后他的眼神变化,但他的大圆脸被太阳晒得黑里透红的,倒是显得很朴实。

老张在来的飞机上曾对李果谈过王主任的一些信息。据去年来招生的老师讲,王主任因为有个大学女同学在德华读过研生，所以对德华比较友好。他们当时来学校宣讲德华时曾被门卫堵在学校大门外，没有校领导的批准，门卫也不敢放行，他们说了很多好话也没用。正在进退不得之际，刚好王主任骑着电动车来上班，在大门口看到他们穿着德华的衣服，就上前询问了一下。当王主任知道他们是德华的老师后，立即让门卫把他们放了进去。进学校后，他们就聊了起来，王主任主动讲自己有个大学女同学后来考上了德华的研究生，对德华评价很高。看来，很有可能那个女同学是王主任当年心目中的女神，所以他才这么多年对其念念不忘，爱屋及乌。大概正因如此，王主任当时还帮他们临时安排了一场宣讲活动，并且亲自到现场站台，与他们就德华的情况进行互动，气氛相当热烈。所以，这次来敦煌，老张也提前和王主任取得了联系。

王主任果然很热情，他问之前老张和李果来过阳关中学没有，看到他们两个人都摇了摇头，王主任就主动提出带他们在校园里逛逛。老张立即点头表示同意，王主任就领着他们朝校园里面走去。李果看了看路两边的那两幢粉色的教学楼，还有别的建筑，感觉别有一种风味，因为这些房子的墙上粉刷的颜色都很小清新，除了粉色的，还有嫩绿色的，在阳光下显得非常干净明亮，像新的一样。他就问王主任是不是阳关中学的建校历史不久，这里的楼都像是刚建好的，很整洁、新颖。王主任哈哈笑了起来，说阳关中学历史很悠久，新中国成立前就建立了，这里是新校区，不过至少也有二三十年了，可能是敦煌的空气比较干燥，建筑的保质期比较长，所以看着还很新。

李果"哦"了一声，有点惊讶，转念想到他来之前特地查阅的莫高窟的资料中说石窟里的佛像壁画之所以保存得比较完好，一千年来都没什么大的损坏，与这里的周围都是戈壁沙漠、气候干旱少雨有很大关系，对眼前这座看起来似乎昨天才投入使用的崭新的校园也就释然了。他和老张跟着王主任继续向前走去。又经过两排黄色的教学楼后，在路的右侧看到一个圆柱形的建筑，王主任说这是体育馆，问他们要不要进去看看。老张犹豫了一下，看了李果一眼，说不用了。李果明白老张的意思，体育馆大同小异，也看不出什么名堂。但王主任对他们不进去看似乎有点遗憾，对他们讲，这个体育馆是去年刚建好的，花了好多钱，是多功能的，里面有篮球场、羽毛球场、乒乓球场等，而且也是他们学校开全校大会的地方。

"哎，王主任，请问我们的宣讲也在里面吗？"李果忍不住问王主任。

"哈，不在里面。今天很多大学都要来宣讲，像科大、金大、之大、上海工大，都和我联系了。如果你们大家都挤在一起，会打架的。"王主任透过自己的变色眼镜看了李果和老张一眼，撇开嘴角笑了笑。

"王主任说得是，最好大家分开，各美其美。"老张赶紧说。

"你们不用急，我已经和校长沟通过，把你们这些学校的宣讲时间都安排好了，因为下午高考分数才能出来，所以下午两点就让你们去宣讲,估计这个时间分数应该出来了。"

"前面还有学校吗?"李果忙问。

"没有,你们是第一家,紧接着你们的是北飞。"

王主任显然成竹在胸,对自己的这个安排感觉十分得意。

"谢谢,非常感谢!"老张忙把自己肥胖的身躯往王主任身边凑了凑,以示亲近,"听上次来你们这里的同事讲,王主任有个大学女同学也在德华?"

"是啊,那可是我们的系花啊。她不仅人漂亮,学习也好,大学毕业就考到德华去读研究生了,后来听说又读了博士,当中还去了德国留学,现在不知道去哪儿了,没有联系了。"

"这样啊,那你的这个同学要是在德华一口气读到博士的话,很有可能留校了。你把名字告诉我,回去帮你查查,说不定可以联系上她本人。"老张表情严肃,但不无体贴。

可能是老张的话挠到了王主任的痒处,王主任感到极度舒适,立即提出与老张加个微信。加好老张后,他还意犹未尽,又主动把李果的微信也加了。李果想,就是这里突然多出一百个德华的老师,王主任也都会不辞辛苦一一加个微信的。当然,最好能直接一路加下去加到他的那个系花女同学的微信为止。

"我今天忙完了就把我那个女同学的名字发给你。"王主任对老张说,"当年我们关系不错,用现在年轻人的话讲,她可是我们那时候的女神。"

"理解。每个时代都有自己的女神,像小李这样的年轻人有他们的女神，可我们也有我们的女神啊。你的那个同学，如果她留在德华教书的话，总能找到的。"老张认真地说。

"是的，是的。我们喜欢的女神不如你们那个时代的高雅，比较物质化。"李果不知道老张的话用意何在，只好奉承了一句。

王主任呵呵笑了起来。然后带着他们边走边聊，谈笑风生，不知不觉就走到了道路尽头运动场的高大门楼前。

"对了，你们要不要见见我们学校的李校长？"

"李校长？是你们一把手？"老张问。

"是啊，我们这里是校长说了算。"王主任微笑了一下。

"那太好了，他在吗？能见见当然好。"老张立即点头。

"我给李校长打个电话，看他来了没有，他每天早上都到里面的操场上散步的。"

王主任往旁边走了几步，和我们拉开一点距离，掏出手机拨了个电话，电话很快通了。他说了几句话后转身向我们走了过来。

"李校长正在里面散步，他说我们可以进去见他一下。"

然后，王主任带着老张和李果走进体育场，到门楼后面的主席台前的跑道上站着等李校长过来。因为太阳被运动场的门楼挡住，在巨大的阴影下，刚才还被晒得有点热的李果立即感觉凉快了下来。

"看，那就是李校长。"

李果朝王主任手指的方向看过去，越过绿色的人造草坪，在操场对面的红色的塑胶跑道上，有个穿着蓝色衬衫的人在阳光下不紧不慢地走着。在他的身后,是一排高高的白杨树,再往后,是几幢淡绿色墙面的高楼,然后就是无边无际的果冻一样纯净的蓝天。

看到李校长缓步转过跑道的弯道,进入他们所站立的跑道一侧,王主任赶紧举手向他招了招,李校长显然看见了,但他还是不紧不慢地匀速走了过来。尽管距离李校长还有很远的一段跑道,但王主任忙一溜小跑迎了上去,然后边讲话边陪着他走了过来。李校长的个子很高,比个子中等的王主任足足高了一头,不过他人很瘦,洗得有点发软的蓝衬衫穿在他身上就像是挂在衣架上一样,晃晃荡荡的。而且李校长的脸色很白净,和王主任那样的本地人常见的黑红的脸色有很大区别。在王主任的介绍下,李校长分别和老张、李果握了握手。李果感到李校长的手似乎柔弱无力,刚一碰就抽开了。

李校长很客气地问他们是什么时候到的。老张马上说昨晚才到,很感谢他和王主任对德华的支持,他们下午就可以对目标考生进行宣讲了。李校长轻轻地嗯了一声,说不用客气,这都是王主任安排的,这些事情他都不管的。然后,他问老张拿到学生的高考分数没有,老张说还没有,不过,他们在兰州招生组的老师和省招办的人联系了,下午分数出来后第一时间就把阳关中学的高分考生名单发过来。李校长点点头,似乎在自言自语地说,好像昨天晚上就有他们的一些学生讲,北大、清华的招生老师已经和他们电话联系过了。老张愣了愣,看了李果一眼,只好转头对李校长说,估计北、清有特殊的渠道,所以他们可以在昨天晚上就提前拿到学生的分数。李校长点点头,表示理解。

"除了北大、清华外,阳关中学每年考上德华这样的985大学的人有多少?"李果小心翼翼地问李校长。

"这个,我也不是很清楚。"

李校长转头看了看王主任,可王主任只是咧了咧嘴角,似乎这个问题他也很难回答。李校长只好重新转过头不苟言笑地看了看李果。

"我们一般只统计考上北大、清华的,像其他的985什么的,太多了。"

"你们可能不知道,市教育局还有省教育厅每年考核我们李校长的不是什么985大学的升学率,而是清北率。"王主任也微笑着补充了一句,"这些年在李校长的亲自领导下,我们学校考上清华、北大的人数在敦煌绝对第一,在甘肃的重点中学里也是名列前茅的。"

这让李果倒抽了一口凉气,顿时明白了为何学院派出老张这个久经战阵的招生老将亲自来这里招生了。他转眼看了看老张,老张很淡定,一副见怪不怪的样子,可他说了声"厉害"后好像也一下子无话可说了。

看着有点冷场,李果就转了个话题,说感觉敦煌的天气很热,很干燥,从昨天晚上到敦煌那一刻起,他就觉得莫名其妙地口渴,想不停地喝水。李校长终于笑了笑点点头,说敦煌是个绿洲，周围都是沙漠，所以很干燥。不过，他觉得敦煌的夏天热是热，可比上海还是要好很多。

"我夏天去过上海好几次。上海很潮湿，夏天不仅闷热，气压也低，人就像穿了件湿衣服一样，有时感觉呼吸都很困难。"

"对的，我是上海人，可也不适应。还是北方的夏天好，热是热，可一到没有太阳的地方，哪怕一棵树的树荫下，都马上可以凉快下来。就像现在，我们站在这里，就很舒服，所以，我觉得李校长说得很对，夏天还是北方好过。而且，敦煌的气温就是在夏天也不高，真是凉爽宜人；这里的瓜果也好，很甜，再说还有莫高窟啊这些名胜古迹，真是个非常好的避暑胜地。"

老张接着李校长的话迅速又说了一长串，好像李校长的话说到了他的心坎里，引起了他的强烈共鸣。

"这样，你们和王主任先谈，我再散会步，等会我们到办公室里一起喝杯茶。"

老张的话显然让李校长比较愉快，他难得地向老张和李果再次微笑了一下，转身继续沿着跑道向前不紧不慢地走去。王主任目送李校长走开一段距离后，转身邀请他们到办公室去坐坐，等李校长散好步后再一起聊聊。李果立即说"可以"，老张好像有点犹豫，可看到李果已经答应了，就也说了声"好的"。

王主任带着他们往行政楼走了过去，行政楼是幢粉红色的凹字形的三层高的楼房，在校园里很醒目。王主任先把他们带到一楼正对着大门的一间会议室门前，对老张说他们下午就在这里宣讲。李果赶紧用手机对着会议室的门拍了张照片。王主任笑了笑说没关系的,下午来了联系他就可以了。然后,他把他们带到二楼自己的办公室里,让他们在茶几边的沙发上坐下来,打开饮水机,给他们用一次性杯子泡了两杯袋泡茶,说李校长在三楼,等他散步回来了,再带他们上去。老张连忙说了声"好的"。可王主任还没来得及在他们对面的椅子上坐下来,就有人来叫他。他只好对老张和李果说了声"抱歉",让他们等一会,他马上就回来。可是他们坐了好一会他也没回来,而李校长更是连个影子也没有出现。

"李校长肯定不会来了。"老张端起杯子喝了口茶,转头对李果低声说,"王主任估计出去接待别的学校的招生老师了。"

"那怎么办?"

李果感觉老张到底是老法师,经验丰富,比自己老练多了。

"现在走,不辞而别也不好,只能等王主任回来,我们再告辞了。到时记得把我们的杯子带走,到外面自己扔掉,不要麻烦他们。"

老张端起杯子吹了一下杯沿的浮起来的茶袋,喝了口茶,然后转头提醒李果。

李果之前在学校时和老张来往不多,只觉得老张这个人为人很严谨,平时话不多,似乎有一种资深教师兼知识分子的傲气,让人感到很难接近。现在他才发现老张这个人固然严谨,可也有他不了解的一面,实际上,老张为人处事让人如沐春风,而且富有弹性，不仅能屈能伸，考虑问题还很细致。李果也喝了口茶，他不禁暗自感慨，难怪过去老张在外面招生能够成功，看来绝非偶然。

过了一会——这一会可真够长的，李果感觉一节课的时间都应该有了——王主任终于回来了。他一进屋还没坐下就对老张他们连说"抱歉"，说刚才好几个学校的招生老师都来了，他只好去和他们简单见个面，接待一下。老张忙说"没关系"，他们已经耽误他不少时间了，因为他们还有别的事情需要回宾馆处理一下，就不再等李校长一起喝茶了。老张说完端着杯子站起来告辞，王主任嘴上说"不急，再等等李校长就来了"，可他的屁股却也从椅子上抬了起来。李果看在眼里，赶紧也端着自己的杯子站了起来。老张就说："今天要高考出分，大家都忙，不用客气。"王主任笑了笑，没有再挽留，把他们送到走廊上，说了声"下午见"。

李果和老张一起离开了王主任的办公室。因为王主任站在带他们来的那一侧的走廊，他们就从走廊的另一侧下了楼。在楼梯上，他们刚好迎面撞上早上在餐厅里见过的那两个穿着蓝色T恤的北飞的老师，对方也看到了他们，可大家却彼此都面无表情地擦肩而过。从楼梯上下到一楼的门廊后，李果忍不住又回头看了楼梯上那个酒糟鼻北飞老师一眼，可是他已经走到了楼梯拐角，转身就消失了。李果正想对老张说，估计他们去见王主任和李校长了，老张忽然伸手指着墙上，叫他看挂在上面的一个有半面墙那么大的红色的光荣榜。李果只看了一眼，就颤抖起来。他突然意识到刚才李校长在操场上对他们讲的话不是吹牛皮，这个榜上统计了阳关中学将近二十年来考上北大、清华的学生足足有一百多号人，有的年头竟然有十几个人同时考上。在光荣榜的角落里，只是用小字写着还有众多学生考上震旦、上海工大、金大、科大、之大等著名985大学，却并没有列出考取这些学校的学生数目。但李果觉得其实已经完全不需要列出了，估计其数量更为可观。可令他惊讶的是，德华也好，北飞也好，居然都被一个"等"字给"等"掉了，这让他不禁倒吸了一口凉气。

看来，老张也敏感地注意到了这一点，他们一出门，老张就喝了一大口茶。

"张老师，你说刚才北飞那两个人是不是去见李校长了？"李果也把杯子里剩下的茶喝掉，把茶杯扔到了垃圾箱里。

"不可能，他们和我们一样，最多到王主任办公室里去坐坐，喝杯袋泡茶，估计只有北清的人才能更上层楼，到李校长的办公室里去喝杯用茶叶泡的茶。"老张突然转头对李果严肃地说了句话，"如果不是王主任的女神在德华读过书，我们可能连李校长的面都见不到。"

"那是肯定的。"李果笑了起来，老张这个人还挺幽默的。

"一二一，一二一。"

忽然，从一侧的道路上传来了跑步的口号声。李果和老张转过身看过去,原来是一队学生在校园里跑步。领头的是一个穿着白色圆领衫和黑色短裤,戴着墨镜的小伙子,看样子是个体育老师,在他身后是一队穿着蓝白两色校服的中学生,已经有点发热的明亮的阳光照在他们幼稚而又朝气蓬勃的脸上,让每个人都显得容光焕发。李果猜这些小朋友大概是高二或者是高一的学生,可能周末也不休息来补课的,想到这些孩子们明年或者后年经过高考的选拔,就可以走向祖国各地去读大学,他不禁感到自己肩上的担子变重了。因为他忽然觉得,在这些大学里,无论如何也不能少了德华。他也忽然明白过来,为什么在飞天宾馆里竟然会见到那么多兄弟院校的竞争对手了。

"看来,我们去年没招到阳关中学的学生,对德华声誉的影响不小。今年我们一定要在这里招到一两个高分考生,而且,一定要比北飞的分数高才行,给这些小朋友树立个榜样。不然,要是我们再被剃光头或者被北飞压一头,不仅明年这些小朋友也不会报我们,还会影响德华在他们心目中的形象和地位。高考也有路径依赖的,如果这里的学生老是去北飞,没有人去德华,下面的学生也不会去的。"

"是,为了王主任的女神更加高大,我们也得努力一下。"李果赶紧表示赞同。

老张扑哧一声笑了。他使劲把茶杯摇了摇,使劲从里面又喝了一口水,然后把一次性杯子咚的一声扔进了路边的垃圾箱。

第四章

老张和李果从阳关中学出来后，李果忽然发现，刚才忘记把背包里德华的宣传资料留给王主任一些了，他把双肩包从背上取下来，拉开拉链给老张看里面一份份准备好的资料。老张安慰他说"没关系"，因为王主任的女神在德华，他肯定对德华很了解，再说下午他们反正还要回来的，到时再给他或者现场直接发给学生效果更好。李果想想也是，就把背包又背了起来。老张看看手机，十点还不到，离校友曹总约的中午吃饭的时间还有一个多小时，现在他们直接过去很可能酒店的门都没开，就和李果决定先回宾馆休息一下，也好让他把双肩包放在宾馆，免得背着不方便。另外，老张说刚好也可以回去换套正式的衣服去赴宴，像这样穿着这件猛一看像叫花子一样的圆领衫去多少有点不伦不类。

太阳很大，也很刺眼。他们站在校门附近的一棵白杨树的树荫下等了一会出租车，可不知为什么，很久也没有一辆车过来。李果拿出手机问老张，是不是用最近口碑比较好的叫车软件"滴滴哒"叫辆车，据说威力强大，没有叫不到的车。老张说时间还早，回宾馆也是等，不着急的，他问李果这里距离飞天宾馆多远。李果在手机上查了一下地图，说不远，敦煌其实不大，现在就是走回去也不过一二十分钟。老张就提议他们干脆走回去，顺便逛逛敦煌。李果说没问题，他也很想逛逛。而且，谁都知道他到敦煌来招生了，要是每天不走个两三万步，把朋友圈的运动封面占领一下，那岂不是锦衣夜行吗？

他们就跟着地图导航向飞天宾馆走回去。太阳已经高高升起，可走在不是栽着柳树就是栽着白杨树的人行道的树荫下，并不是很热。李果感觉，敦煌的街道虽然不是很宽，可因为人少车少，倒是显得很宽阔，而且也很整洁干净。路边的小店里瓜果飘香，到处都是卖李广杏的广告。李果来之前特地做过功课，早知道李广杏是敦煌的特产，据说是由李广当年在新疆追击匈奴后从那里带回来的树种栽培而成，皮薄肉厚，又甜又酸。李果现在看到实物，感觉香气扑鼻，忍不住口水直流，他就在一家小店里买了一斤金黄的李广杏，然后和老张洗也不洗就直接边吃边往前走。老张吃了一颗后不禁感慨，想不到李广这个了不起的将军，浴血沙场，战功赫赫，最后不是因为自己的战功却因为一颗杏广为人知，也是让人啼笑皆非。老张的感慨让李果有点忍俊不禁，可同时也让他感到老张这个人的思想多少有点与众不同。不过，李果觉得，李广杏又甜又香，汁水丰富，吃起来还真的不错。

可能是过了上班的高峰期，街道上除了空驶的出租车偶尔按响喇叭慢慢从他们身边驶过外，几乎没有别的车辆，甚至连公交车都很少看到。不仅车少，李果发现，走了很长一截路，在人行道上也还是只有他和老张两个人。然而，安静的街道，明亮又耀眼的阳光，白杨树树梢上的空旷的蓝天，让他产生了一种奇怪的感觉，似乎他们来的不是敦煌，而是一个根本不存在的城市。

老张爱上了李广杏，走不了几步就伸手过来从李果手里的塑料马甲袋里拿一个啃起来，刚开始的时候，他还像卖水果的老板一样用手擦擦再吃，到后来他擦也不擦就直接扔进了嘴里。李果本来还不好意思直接吃，每次从袋子里拿出一颗后还假装看看上面有没有脏东西再吃，可看着老张也这么吃了起来，他也就放开跟着直接吃开了。他没想到以前举止考究的老张竟然也有这么随意的一面，感觉老张这个人其实很灵活，可谓"上得厅堂，下得厨房"，非常洒脱。可走着走着，老张忽然看到路边竟然有个玉门中学，他马上把啃了一半的李广杏从嘴里拿出来，指着大门一侧的墙叫李果看，原来墙上也挂着一个去年高考的光荣榜，而且这个光荣榜竟然比阳关中学的还要大。李果赶紧和老张一起凑上去看了一下这个学校的学生考上的大学的名单，感觉学生的实力比阳关中学要弱一些，既无北大亦无清华，不过，这无关痛痒，让他们意外的是竟然有北飞无德华，而且更可怕的是还有财贸大学。他们立即意识到了问题的严重性，看来北飞的影响真是无所不至，因为德华要的分数段的学生和北飞要的几乎一致，学生选择了北飞就意味着不能选择德华，那么德华录取的学生只能往下面的位次降，而学生的分数自然会比北飞低一些，甚至很有可能滑到下一档次的大学，比如和财贸大学一档。可看样子在这所学校里，财贸大学的影响也比德华大，因为财贸大学的分数也不低，只和北飞差个一两分。李果拿着李广杏陷入了深思，难怪去年德华被北飞击败，财贸大学也叫嚣着要超越德华，看来并不是空穴来风。

老张把啃了一口的李广杏一把扔到路边，转头对李果说："有必要在这个学校宣传一下。"李果还没有反应过来，老张就把垂下来的那一缕逗号一样的头发往光头上一撸，向校门旁的门卫室走去。李果只好赶紧跟了上去。

门卫室的窗户是关着的，老张伸手敲了敲窗玻璃，里面有个穿着制服的门卫拉开了窗户，问他有什么事。老张说他们两个人是德华大学的招生老师，想进去见见校长，看能否向学生介绍介绍德华。门卫头发花白，一副见多识广的样子，说今天已经有好几个大学的人来见校长了，刚才还有个北京飞航大学的女老师来过。接着，他顺口问德华是哪里的大学。这一问，不仅老张愣了一下，也让李果瞪大了眼睛，他原来以为德华的知名度在敦煌不说比李广杏大，可也应该小不了多少才是，没想到根本无法与之相提并论。

还好老张处变不惊，他忙指着自己圆领衫左胸上的德华大学的校徽说是上海的大学。门卫"嗯"了一声，说，"上海是大城市啊，你们的大学在上海，应该是个好大学。"老张拍了拍胸脯上那一堆字，连连点头，说这些都是国家给德华的荣誉，很多的。李果也下意识地低头看了看自己的胸前印着的那一堆乱七八糟的玩意儿，觉得老张真能随机应变。可他转念想其实真不如只印上"上海德华大学"几个大字，尤其是把"上海"两个字印大点，这样就像这个门卫一样，即使不知道德华还知道上海，多少可以给人留下个好印象。

可寒暄归寒暄，当门卫问老张是不是已经和校长联系好了，让他把校长的电话号码报一下时，老张却傻了眼，他只好看了看李果说"没有"。李果在旁边赶紧胁肩谄笑，问门卫师傅是不是可以帮忙和校长联系一下，让他们和校长见一面。老张也补充说，只要几分钟就可以了。门卫犹豫了一下，可能看他们态度比较诚恳，又是从上海来的，就拉上窗户，抓起桌子上的电话拨了一串号码。他说了几句话后，很快放下电话，拉开了窗户，对他们说校长现在很忙，正在接待金大的人，下面还有别的学校的人，所以上午不方便再接待他们了。而且校长说，现在学生们都在上课，也不方便打乱教学秩序让他们介绍德华大学的情况，不过，他们可以把德华的资料留下来，到时他们学校会转给有兴趣的学生。李果转头看了看老张，老张无奈地摇了摇头，也只好叫他把背包里的资料拿些出来，交给门卫。

他们离开玉门中学后，老张似乎有点败兴，念叨了一句"春风不度玉门关"后，问李果离宾馆还有多远，李果看了看手机上的地图，说"很近了，再走几钟就到了"。他以为老张会接着往下走，可谁知老张说"还是打的回去吧"，说完他转身走到马路边，向正在驶过来的一辆出租车招了招手，而且，不等出租车停稳,他就拉开副驾驶车门坐了进去。李果也忙拉开后车门坐到了后座上。

司机是个三十多岁的女师傅,她转头问老张去哪里,当老张对她说要去飞天宾馆时,她转头看了老张一眼,似乎没听清楚,就又问了一句,老张就又说了一遍。她就对老张说飞天宾馆就在前面路口,拐个弯就到了,不用打的的,不然,等会到宾馆了,他们一看这么近,还要给那么多钱,吵起来就不好了。老张对她说不会的,李果觉得这个女司机人挺好的,为了减轻她的心理负担,忙从后排探起身子说是自己脚崴了,所以才要打的的。女司机这才将信将疑,驾驶着车子往前驶去。果然,车子在前面的十字路口刚拐了个弯,就到了飞天宾馆的路边停了下来,确实太近了,可能只用了四五分钟,以至于女司机问怎么付钱时,老张都没反应过来。李果忙直起身子问可不可以用微信付钱,女司机说当然可以,李果就扫了女司机递过来的二维码卡,付了钱。出租车开始"咔咔咔"打印发票,老张这才意识到已经到了宾馆,推开车门下了车。

"走吧。"李果拿好发票也推开了车门。

"我们来的人少了,这次北飞起码来了三四个人,看来除了那两个男的,还有个女的。下次我们也要多来几个,不然寡不敌众。"

老张和李果边向宾馆走去边摇头:"现在招生也变成人海战术了,只是没想到北飞会这么凶残,投入这么多兵力。在敦煌这么个小地方就投入这么多人。"

"对的,开始我还以为我们德华五百个人很厉害了,可看北飞这个架势,上千人也有了。"李果想起来早上曾看到有个人走进对面那两个北飞老师的房间,估计那个人就是到玉门中学做宣传的北飞的女老师,他不由得像老张一样,也对德华的形势有点担忧起来。

第五章

李果很快发现,他们的担忧并非杞人忧天。当他和老张一前一后推开宾馆的玻璃旋转门走进大堂之后,忽然眼前一亮,顿觉红光满面,早上还空空荡荡的大堂如今左右一字排开了十几个一人多高的红底的易拉宝海报,上面龙飞凤舞地写着"热烈欢迎某某大学招生老师下榻飞天宾馆"的金色大字,下面还写着房间号码,光芒四射,显得分外耀眼,让人犹如置身于某个公司开业的盛大的庆典现场。显然,他们这些人都成了飞天宾馆的人肉广告了。不过,飞天宾馆用这么多名校来给自己脸上贴金,这个创意还是不错的。他抬头看见大堂里面还有红光闪烁,原来在那里的服务台上方悬挂了个长条形的黑色的显示屏,上面也在用红字滚动显示着"热烈欢迎某某大学招生老师下榻飞天宾馆"的字样。

"看,那个显示屏上还有。"

"没想到飞天宾馆还挺会玩的,"老张也看到了,嘿嘿笑了起来,可他笑了一半忽然发现有点不对,"怎么没有我们德华的名字?"

"是啊,北飞的都有,我们怎么没有?"李果赶紧又左右仔细看了一遍。果然,易拉宝海报里金大、之大、科大、上海工大、震旦、北京政经大学、北飞、京都师大，甚至连上海财贸大学都有，却唯独没有德华的海报。而且，服务台上方的那个显示屏显示的大学又转了一圈，同样也没德华的。

老张立即转身问站在旋转门旁的宾馆门童，为什么没有德华的海报。

"这个我们也不知道，请稍等，我马上去问问我们经理。"小伙子很客气地对老张说，然后他转身看了看里面的服务台，向一个穿着黑色西服套裙和白衬衫的留着短发的女孩走了过去。很快，他就和那个女孩走了回来。

"哦，先生您好，我姓陈，是大堂经理，是这样的，这些易拉宝都是客人们昨天委托我们定做的，需要付费的。如果您需要，我们可以随时处理。"女孩用很标准的普通话彬彬有礼地对老张解释了一下。

"那个显示屏里的字也需要付费吗？"

李果看了她一眼。陈经理很年轻，大约只有二十多岁，她身材修长，皮肤白皙，化着淡妆，一绺挑染成黄色的刘海下，有一双略微深陷的大眼睛，似乎很有西域色彩。

"对的，这些都是要付费的，您只需要提供内容即可，其余的都由我们来处理。"她伸手扶了扶耳朵上的蓝牙耳机，十分干练。

"好的，陈经理，那么，我们德华也做一个吧，易拉宝还有显示屏上的字，都要。海报什么时候能做出来？"

"显示屏上的字可以马上处理，海报正常的话，可能要明天早上了。"

"那不行，我们今天就要摆出来，和这些大学一样。"老张对面前的易拉宝扬了扬下巴，"那么，陈经理你看能不能帮个忙，最快可以多久做好？"

"最快？最快可能也要两三个小时，而且，需要付加急费，我才可以让他们尽快处理。"

"没关系，那就给我们加急，越快越好，最好今天下午就能出来。"

"这样，我马上处理，尽量下午做好。请问哪位先生来和我一起到服务台办个手续？"

"我去吧。"李果转头看了看老张。

"好，那我先回房间，等会出发时我联系你。"老张转身要走，忽然又转过身来问陈经理，"对了，海报的费用可以打进房费吧？"

"这个没问题的，我们也可以单独开发票。如果您需要，也可以开文具或者复印费之类，前面好几个老师都是这样处理的。"陈经理体贴而爽快地说。

"谢谢，我们德华都可以报销的，打进房费简单点。"老张不动声色地对李果点了点头，显示了德华的非同一般，转身走了。

李果就和陈经理一起到了服务台。可能有人来了电话，陈经理按了一下蓝牙耳机，边说话边向柜台里面的一个女服务员做了个手势,要她帮李果办理一下定做海报和显示屏广告的手续,然后就离开了柜台。李果办完手续后,看看陈经理还在旁边一个人走来走去打电话,就提着背包向电梯间走去。

也许住在这层楼的客人都出去了,李果从电梯里出来时,感觉从昏暗的走廊走过去的一路都很安静。他在开门时,故意嘀嘀嘀刷了好几次卡,同时,仔细竖起耳朵听对门有无动静,可似乎什么声音也没有。他就扭住门把手推开了房门。

进门后,李果把背包放在门廊的行李架上,走进房间后,他顿时有种豁然开朗的感觉。显然,服务员已经清扫过他的房间了,他推开的那扇窗户已经关上,从外面射进来的阳光或许是经过窗户玻璃的过滤和折射变得更加明亮,房间里似乎到处都在闪光。他扔在床头的靠垫和枕头被重新摆放整齐,雪白的被子也被重新铺在床上,像一面镜子一样一个皱褶也没有。他本来还想是不是倒在床上休息一下,现在看到床上一尘不染的样子,也不打算躺下去了。

李果把脚上的旅游鞋换成了拖鞋,感到自己从之前多少有点紧张的情绪中放松了下来。他拿起电热壶到洗手间接了点自来水,烧开后给自己泡了杯茶,然后坐在窗下的椅子上打开手机的地图,把脚翘在床上,边喝茶边查了一下宾馆到莫高窟的距离。果然,老张说得没错,去莫高窟真是小事情,根本用不着麻烦别人,他们的宾馆就离莫高窟不远,叫个出租车的话,半个小时就可以到了。

不过,他想看看莫高窟并不是对千佛洞里的那些历经岁月沧桑依然栩栩如生的佛像或者彩绘感兴趣,而是对围绕莫高窟发生的那些故事更感兴趣。他很早之前看过日本作家井上靖的小说《敦煌》，里面讲述北宋的书生赵行德因瞌睡错过殿试的大考，科场失意之后，他顿时失去了人生的方向。彷徨之际，他因偶然在汴京街头邂逅一名来自西夏的神秘女子，不禁对西夏产生了兴趣，于是，他索性放飞自我，去往西夏寻找自己的未来。但不料他在著名的河西四镇即凉州、甘州、肃州和沙州之间漂泊时，却阴错阳差成为西夏队伍中的一支汉人军队的一名士兵。从此他出生入死，成为一名骁勇善战的战士，而且他不仅随部队与回鹘作战，还被迫反戈一击，参与到对宋朝士兵的作战之中。更想不到的是久经沙场生死考验的他还成为一个对佛教感兴趣的人，因此，当他最后与自己的部队来到时名沙州的敦煌驻扎，为保护这里的寺院的佛经不被即将到来的战争所毁坏，他设法在大战来临之际将其藏到了莫高窟之中，而最终走完了自己的一生。这部井上靖试图用来解释敦煌莫高窟里何以有那么多藏经的小说富有传奇色彩，既有塞外大漠的漫天遍野的风沙、比烈火熔化的金子还要灿烂的落日、河西四镇的异域风情，也有赵行德的一次次金戈铁马的战斗场面，还有他与高鼻深目、有着一双动人的黑眸子的回鹘公主的生死不渝的爱情，可谓充满了让人久违然而却历久弥新的西域情调。

　　但是，当年李果看了这部小说，除了对这些跌宕起伏的情节感兴趣之外，他更深刻地感到的却是作为小说主人公赵行德这人的命运的不可捉摸，与未来的不可知。在小说的最后，为了免受即将爆发的战争毁坏而被赵行德设法埋藏在莫高窟的洞穴里的敦煌寺庙里的佛经，并没有像他想象的那样在当年那场短促的战争结束之后就可以躲过一劫，物归原主，而是在岁月的沧桑中，又无声无息地埋藏了千年之后，才在二十世纪初被一个姓王的道士无意中发现而重见天日。之后，这批经书又为来自更远的异域的英国的探险家斯坦因等人所发现而大白于天下。而从此以后，赵行德谜一样的人生和发生在敦煌莫高窟的真实与虚构交织的故事让李果深深着迷，他也因此爱屋及乌，很想到莫高窟一游，但却因种种原因，一直未能把这个想法付诸实施。这也是他这次愿意跟着老张来敦煌招生的主要原因。其实，他对招生并不像老张那么起劲。

　　他从茶几上端起茶杯喝了口茶，又在手机地图上查了一下到敦煌的旅游景点的距离。除了莫高窟之外，还有鸣沙山也很近，离宾馆也是半个多小时的路，他也很想去看看。之前他看到鸣沙山的介绍，有沙漠驼铃、月牙泉等，当然，骆驼和湖水他是见过的，可是那种浩瀚的沙漠他却没有见过，他无法想象真实的由数不尽的细小的沙粒构成的无垠的沙漠是什么样子，又会给人带来什么样的印象，这一切都让他神往。而阳关和玉门关要远一点，从敦煌出发，都要好几个小时的车程，如果要去的话，可能真需要麻烦那个本地的富豪校友搞辆车了。他想是不是应该提前跟老张说一下，让他跟那个校友打个招呼。就在这时，他的微信里跳出了老张的信息，叫他马上到大堂碰头，曹总的车子很快就到宾馆来接他们了。

第六章

真是说曹操曹操到。

李果本来还以为自己能打个盹的,没想到老张这么快就和他联系。他立即把脚从床上放下来,换上旅游鞋,又到洗手间照了一下镜子,用梳子沾了点水,把散乱的头发梳了几下。出门前,他又顺手从放在行李架上的背包里拿了一份装在透明塑料文件夹里的德华的资料,准备带给那个校友,权做个见面礼。

可当他匆匆从电梯里出来走到大堂后,却没有看见老张的人影。他想是不是曹总的车子已经到了,他赶紧从那两排红彤彤的易拉宝海报中走出来,走到玻璃旋转门前,看看门外是否有等着的汽车。可是除了一个站着的门童,门外不仅没有汽车,也没看到老张的身影。他掏出手机,正准备给老张发个微信,身后有人叫了他一声。他转身一看,发现老张又恢复了西装衬衫的打扮,还戴了个墨镜,风度翩翩地从大堂里面走了过来,他忙向老张挥了挥手,很怕他戴了墨镜后认不出自己。

门外传来了一声汽车的喇叭声,他转头看到一辆黑色的奔驰无声地停在了宾馆的门廊下,从驾驶室下来一个二十多岁的穿着白衬衫,戴着黑色棒球帽的瘦高小伙子,拿出手机拨了个电话。

他猜很可能这辆车就是曹总来接他们的车了。果然，老张边对着自己的手机应答，边对着他指了指外面的这辆车。李果忙帮老张推开玻璃旋转门，这时他忽然看到玻璃旋转门上的自己的影子，原来他刚才下来得比较急，身上还穿着那件德华的难看的圆领衫。不过，他想反正有老张代表德华的形象，自己随意点也无所谓了。可能老张也这么想，所以，当他对老张说自己忘记换衣服时，老张毫不在意地对他说了声"没事"。

那个小伙子看到李果和老张推门出来后马上从车头绕过来，问他们是不是德华的张教授和李教授，老张点点头，伸出手和他握了一下，李果也伸出手和他握了握。小伙子边对他们自我介绍说自己是曹总的司机小邓，边拉开后车门，还用一只手扶住门框，以免他们的头不小心撞着，客气地请他们上车。老张说了声"谢谢"，就和李果上了车，小邓轻轻地关上车门，然后，又绕回到前门上了车。他系上安全带后，告诉他们曹总临时有点事走不开，向他们表示歉意，等会曹总直接到饭店和他们碰头。老张说没事的，他们来已经是给曹总添麻烦了。

"哪里，张教授，我们曹总说你们是上海来的，而且是他母校来的客人，非常尊贵，一定要接待好的。"小邓把车发动起来，看了一下反光镜，转动方向盘，把车驶出了宾馆，"我们曹总特地交代我，我今天一大早还把车洗了一下。我们这里风沙大，不洗车你都看不出来我开的到底是奔驰还是本田。"

李果笑了起来，觉得小邓这个人还挺幽默。汽车转过一个路口，开始沿着一条街道行驶了起来。

"邓师傅啊，你们曹总太客气了，其实敦煌也还好。"老张很客气地叫了小邓一声"邓师傅"，按动门上的开关，车窗打开了一条缝，风立即呼呼地刮了进来，他咳嗽了一声，重新把车窗关上，"不过，这里是比上海风沙大些。"

"我们曹总也这么说，他说上海比我们这里水土好，空气很湿润。"邓师傅回头看了后座一眼。

"你去上海玩过吗？"李果看邓师傅还很健谈，就问了一句。

"没有啊，我一直很想去的，南方我都没去过，像南京、苏州、杭州什么的，当然，我最想去的就是上海，大家都说上海很发达，很现代，我们曹总也说我应该去看看上海的，可公司实在太忙了，我也就跑不开了。"

"你们公司这么忙，一定发展得不错吧？"老张也顺口问。

"是啊，两位教授可能不知道，我们这里很多房子都是曹总设计的，像你们住的飞天宾馆里的那个玻璃做的金字塔，在我们敦煌很有名的，就是曹总亲自设计的，还得了省里的大奖。"邓师傅又扭回头看了看。

"我们早饭就是在那里吃的，确实不错。"李果怕他开车老是回头出事情，连忙点头表示赞同，"很现代。"

"对，就是，我们曹总设计的房子就是很现代，所以在我们这里很受欢迎。两位教授是昨天来的，你们肯定看出来了，我们敦煌这个地方很落后的，没什么现代化的东西，说来说去就是莫高窟什么的,可这些都是老掉牙的东西。其实,我们本地人都很喜欢有现代感的东西的。你们看,前面那个博物馆就是我们曹总的最新的设计,很现代的。"邓师傅右手离开方向盘,朝路右边的一幢头重脚轻的、有点像写错了的上横长下横短的"开"字形的建筑指了一下。

"这不很像上海的世博馆吗?!"李果惊呼了一声,转头看了老张一眼。

"不错,风格是有点像,很传神。"老张扭过头,墨镜上的光闪烁了一下,似乎对突然在万里之外看到这个小了好几号的上海世博馆一点也不惊讶,反而对他对此这么惊讶感到惊讶。

"是吗?和上海的房子一样啊,我就说我们曹总真的是很现代的。"邓师傅很高兴,不小心拍了一下方向盘上的喇叭。前面的一辆慢吞吞的黄色出租车立即像被从睡梦中惊醒了一样突然加快了速度。

"曹总设计的大楼,与上海的那个世博馆和美国加州大学的图书馆也很像的,都很现代的。"老张平静地说。

李果本以为老张不赞成他的判断,没想到老张比他更加深刻,竟然还知道上海世博馆也是有原型的。他之前还以为上海的世博馆是原版,虽然比较丑,好歹也算是个原创,可现在按照老张的说法,也是复刻的美国的建筑,那敦煌的这个建筑只能算是山寨的山寨了。

可能是因为老张和李果对曹总的现代化的建筑风格予以了肯

定，邓师傅很兴奋，也可能是因为开着奔驰车，就像手执利刃一样，不快不行，他把车开得就像赛车一样，在马路上左冲右突，让坐在副驾驶位的李果紧张不已。直到他把车停在路边的一家有着高大的黄色琉璃瓦门楼的饭店前，李果才松了口气。

"曹总说你们从上海来，要请你们吃点我们当地的特色菜。"邓师傅边关车门边对他们说，"他已经到了，在包房里等大家了。"

"哦，曹总太客气了，随便吃点就可以了。"老张下了车，关上了车门。

"那怎么行，曹总知道你们要来，很高兴的，这家饭店里外都是我们曹总设计的，很有我们敦煌特色。一般外地来的贵客都会被安排在这里吃饭的。"

邓师傅陪着他们边说边走进了饭店，迎面就是一个巨大的真假难辨的红木屏风，上面九龙腾涌，就像是从故宫的九龙壁上直接挖过来的一样，神形具备。两个迎宾的女服务员穿的衣服则像京剧演员的戏装，古色古香，如果她们不是先开口说"先生好"而是说一声"官人好"的话，真会让人有穿越之感。屏风之后，就是宽阔的大堂。大堂被装饰得就像故宫的太和殿一样，金碧辉煌，天花板上还挂满了红灯笼，光芒耀眼。也许是时间尚早，大堂里排列得整整齐齐的几十张颇有明式家具风格的红漆桌椅旁还没有什么人。一个女服务员带着他们穿过大堂，乘电梯到了楼上的包房，沿着昏暗的走廊走了几步后，她在一个门侧挂着"玉门关"木牌的包房的房门前停了下来,然后伸手敲了敲门,侧身把门轻轻推开。

李果忽然感到眼前一亮,豁然开朗。包房里正对着他的是一排巨大的玻璃落地窗,透过明亮的玻璃,可以看见远处的阳光下一座座连绵的有着一种奇怪的灰黑色的山峰。他心里想,不知道莫高窟是不是就在这些让人觉得神秘的山岩之中。

包房里已经有三个人,他们之前大概坐在餐桌旁的一张摆着麻将的小方桌前喝茶,这时也都站了起来。

"张教授、李教授,这就是我们曹总。"邓师傅忙对着先走过来的一个个头中等、四十出头的男人向张、李二人介绍。

李果注意到,曹总脸色白净,戴了副德华建筑学院老师们喜欢戴的那种黑色圆框近视眼镜,穿了件灰白色的亚麻的立领衬衫,下面是黑西裤黑皮鞋,显得非常斯文,非常"德华",让人很有一种他乡遇故知之感。

"欢迎欢迎,张老师、李老师辛苦了。"曹总伸出手。

"曹总客气,真是打扰了。"老张伸手和他握了握。

"哪里,母校的老师难得来敦煌,愿意赏光,我们这些校友高兴都来不及。"

曹总彬彬有礼,转身向他们介绍他身后的两个人。那个头比较高的年轻的小伙子是市政府的杨科长,也是德华的校友,另外一个年龄和曹总差不多、个头比曹总矮一点的人,是一家建筑公司的徐总,是曹总的朋友。

老张和李果分别与他们两位握了一下手。

"请两位母校的老师这里坐。"曹总伸手指着身边的上座对老张和李果示意。

老张简单客气了一下,就按照曹总的意思和李果一起坐在了上座,曹总跟着坐在老张身边,其他人也落了座。

餐桌上已经摆好了凉菜和酒水。曹总问老张要不要喝点飞天酒。因为茅台最著名的一款酒就是以飞天为标志的,李果还以为是茅台。看到老张不置可否,曹总叫服务员把酒拿过来递给了老张。

"张老师看看怎样,茅台到处都有,喝不喝都无所谓,可这个飞天酒只有我们敦煌有。而且我们这个飞天酒不是茅台,胜似茅台,是茅台的'爸爸'。听人讲茅台酒上的那个飞天仙女的标志就是山寨敦煌的这个飞天酒的,我们敦煌的这个酒上的飞天仙女才是原版的,是当年酒厂的设计师直接从莫高窟的壁画里临摹下来的。"

老张盯着酒瓶将信将疑地"嗯"了一声。李果也感觉曹总的话是个段子,他虽然喝过几次真假难辨的茅台,可这种说法还是第一次听到。他从老张手里接过飞天酒看了看,然后拿起放在桌子上的手机对着酒瓶上那个五彩斑斓正在腾云驾雾的飞天仙女拍了一下,准备到时候去莫高窟找找看,算是给自己的莫高窟之游再增添一点乐趣。

尽管曹总的介绍让人茅塞顿开,可李果想下午他们还要去阳关中学，以为老张会拒绝。不料，不知道老张是不是被曹总讲的飞天段子吸引了，他倒是很开通地说客随主便，难得在万里之外遇到像曹总这样优秀的校友，杨科长这样的校友中的青年才俊，特别是还有徐总这样的实业家，不喝几杯不能尽兴的。可接着他又话锋一转，说下午他还要去做招生宣传，重任在肩，只能象征性地喝一点，李老师倒是可以多喝点。李果明白这是老张要他出来抵挡一下，在这样的关键时刻，他岂能掉链子？他立即表态说没问题，自己下午主要是给张老师做助手，可以代张老师多喝几杯，以期宾主尽欢。

老张的抑扬顿挫和李果的干脆爽朗结合无间，让曹总觉得合情合理，极度舒服。他立即让服务员打开桌子上的酒，给大家一一满上。在一种似乎是久别重逢的热烈气氛中，在曹总的主持下，大家一起先后起立畅饮了三杯。接下来老张就进入一种自在自为的状态，开始像司机小邓一样，以矿泉水代酒，李果则和曹总等人进入了自由搏击状态。作为校友，杨科长紧接着敬了大家一圈酒。之后，徐总登场，他的表现也十分踊跃，嘴里念叨着"我喝光，您随意"一口气陪他们喝了一轮。当然，他话是这么说，手里却把酒杯底朝天亮给了大家，李果只好老老实实地喝光了自己杯子里的酒。

"两位老师可能不知道，徐总是敦煌的功臣，敦煌的很多地标建筑都是他的公司施工的，你们住的飞天宾馆就是徐总的作品。"

曹总放下酒杯,又隆重地推介了一下徐总。

李果觉得徐总其实不需要介绍,因为他一看就有一种建筑包工头的浓烈气质,他的脸色被太阳晒得褐红,肚子像揣了个足球一样高高隆起,感觉一不小心就可能把绷得紧紧的白衬衫扣子给绷飞。

"哪里,关键是曹总的设计好,我们就是泥瓦匠,搬砖和泥,什么也不懂,最后,到房子建成了才知道那么漂亮。"徐总拿着酒杯走回自己的位置,拉过椅子坐下真诚地说,"这些年我盖了不少房子,和很多大学的建筑专业毕业的人合作过,清华的、天大的、南京东南大学的,还有就是你们德华的,说真的,这些人里我最佩服的就是曹总的设计。我不是酒喝多了才这么说,曹总设计的房子都比较现代,很艺术,有一种大师的品位,不像别的学校毕业的人设计的建筑,虽然中规中矩,可总觉得缺了点意思。像清华建筑学院,虽然名气大,可他们其实比较守旧,总喜欢搞什么中西合璧,培养的人搞的东西也不伦不类的,我是不喜欢的。"

"对,这个徐总讲得非常好,很专业。曹总设计的飞天宾馆确实很现代,还有路上我们看到的博物馆也很好,都很艺术的。我们德华的建筑系的风格一直就是追求和世界接轨的。再说德华在上海,十里洋场,欧风美雨,总归是比别的地方要开放、洋气一点的,学生耳濡目染,自然深受影响。像曹总这样的德华优秀校友,正是在德华受到了很好的训练,才能把德华建筑的精神在敦煌发扬光大。"老张放下筷子,喝了口矿泉水,也借题发挥了一下。

李果感觉老张已经提前进入招生宣讲状态了,忍不住想笑,可看到老张说这番话时脸上的表情既严肃又认真,只好憋住了。

"张老师过奖了,我只是母校很普通的一名学子。"

"没有,曹总不用谦虚。徐总讲的也是我的心声。"老张不动声色地说。

"徐总也过奖了,我的那些作品只能说是一些习作,离大师之作还远。"曹总转头看了徐总一眼,"两位老师不知道,徐总这是醉翁之意不在酒,他这么恭维我,恭维德华,可是项庄舞剑,意在你们两位啊。"

"是吗?"老张愣了一下。

"徐总的千金今年也参加了高考,小姑娘很优秀,在阳关中学读书,平时考试都是班里前几名,在全校也都是数得上的好学生。小姑娘很喜欢建筑,也很喜欢上海的小资情调,徐总就很希望他的千金能到我们德华去。"曹总看了看老张,意味深长地笑了笑,"所以啊,我一说今天要为你们接风洗尘,徐总就执意要过来见你们,而且还坚持一定要他来买单。"

"啊,那让徐总破费了,谢谢了。"听了曹总的这番话,老张立即反应过来,他从容地对徐总点了点头,"徐总愿意让千金报考我们德华,是好事情。徐总是搞建筑工程的,以后女儿再搞建筑设计,也是女承父业,前途无量。而且,我们这次来,就是想为德华招收一些优秀的学生的。既然徐总的女儿这么优秀,如果可以到德华来,我们也是求之不得的。等会我们加个微信,你把女儿的姓名和考号发给我。下午高考成绩就要出来了,我们随时保持联系,你有信息也可以随时联系我们。"

老张的话说得很漂亮,张弛有度,尤其是分寸拿捏得很好,既给了曹总面子,也给了徐总机会,更是给未来留下了比较有弹性的空间。大家皆大欢喜。曹总马上端起酒杯对老张说了"谢谢"。徐总也笑逐颜开。

"两位教授这么爱才,非常感谢,也谢谢曹总的推荐。德华是全国的名牌大学,我女儿做梦都想去。可她究竟有没有福气去德华,那还得看这次考试的运气了。"

徐总虽说不失冷静,可也很高兴,立即端起酒杯站起来又敬了大家一轮酒。接下来杨科长也又来了一轮。在此期间各种当地的特色菜纷纷上桌,曹总只是简单介绍几句,并不拿起筷子,直至一只散发着诱人的香味的金灿灿的烤全羊被一个膀大腰圆的戴着白色厨师帽的男厨师端上桌中央,他才为之动容,拿起筷子热情地邀请老张和李果尝尝。

"刚才那些菜只能说是一些时令小菜,这才是我们这里的最高级的也是最硬的菜。徐总说无论如何也要请两位教授尝尝,昨天就提前和饭店预订了,羊是今天一大早现杀现烤的,应该不错的,你们尝尝看。"

"太感谢两位了!来之前我还特地做了美食攻略,知道敦煌的烤全羊好,还想到哪里去吃一顿呢,没想到,这么快就美梦成真了。"老张也热情起来,拿起筷子就夹了一块烤羊肉,蘸了碗里的调料,津津有味地嚼了起来。

李果不清楚老张的话是真是假,只是觉得,这句话应该他来说才对。不过,看来老张和他的感受是一样的,这才是宴会真正的高潮。他也举起筷子,开始大快朵颐。

第七章

酒足饭饱之后，曹总又让邓师傅开车把李果和老张送回到宾馆。因为这顿饭吃得比较愉快，下车前，他们谢了邓师傅，下车后，他们又目送邓师傅的车驶到阳光照耀下的亮晶晶的马路上才转过身。

可能是受到了酒精和烤全羊激励的缘故，两人的情绪都有点高涨，感到意犹未尽，脸上也汗津津的。老张对着旋转门的玻璃理了一下自己的头发，对李果说下午要撸起袖子大干一场，否则对不起那只烤全羊。李果也赶紧点头表示同意，而且，他还产生了一种奇怪的已经旗开得胜的感觉。进了大堂后，他们特地驻足看了看两边摆放的易拉宝，直到看到德华的易拉宝也闪亮登场才相视一笑。不过，老张的眉头马上又皱了起来，原来服务员把易拉宝摆在了离门口比较远的地方，而且还摆在上海财贸大学的旁边，这让老张不是很开心，他转头对李果说了一声。李果立即把德华的易拉宝挪到了前面，和震旦大学放在了一起。然后，老张又和他不约而同地盯着远处大堂服务台上方的显示屏，直到上面跳出"热烈欢迎德华大学招生老师下榻飞天宾馆"的红字，他们才像心有灵犀的情人一样相视一笑，向大堂的电梯走去。

"先回房间休息一下，兰州招生组的人一把分数发过来，我们就立即行动。"老张按下电梯楼层号码，等电梯门关上后，转头对李果说了一声。

李果看到电梯门上反映出老张出汗后发亮的脸和光头，感觉老张神情肃穆，如临强敌，也赶紧直起了身子。不过，当老张出了电梯后，他的腰一下子软了下来。昨天到敦煌那么晚才睡觉，早上又起得比平时早很多，接着连轴转进行了两场高强度的社交活动，说了很多小心翼翼并且非常空洞的话，还猛喝了一顿敦煌的飞天酒，他真是觉得有点疲惫了，脚也软绵绵的，感到自己不小心也会像飞天仙女一样从地上飘起来。所以，回到房间后，他鞋子也没脱，脸上的汗也没擦一下，就直接一头栽到了自己床上。

在梦中，李果感觉自己好像骑在一匹西域的汗血宝马上，正在战场上与敌人拼杀，他左冲右突，引弓搭箭，不停地把手里的箭用力向远处的敌人射去，可不知怎么搞的，他射出去的弓箭却都变成了李广杏咚咚咚地落到了地上。可是敌人的马蹄声似乎越来越近，他大吃一惊，吓得醒了过来。原来有人咚咚咚地敲门。他赶紧从床上挣扎起来，走到门后透过猫眼看了看，老张似乎在紧张地看手机，正抬起手准备再拍门。他忙把门打开。

"你怎么搞的，刚才发微信、打电话都不接？"老张一进门就急匆匆地问。

"哦，不好意思！回来后我趴在床上想眯眯眼睛，可一下睡着了，手机静音，忘记调成铃声了。"李果顺手把放在橱柜里的两瓶免费矿泉水拿出来，递给老张一瓶，自己也打开一瓶一口气喝了大半瓶，好让自己尽快清醒过来，"几点了？"

"快一点半了。"

"时间过得这么快，我还以为只是打了个小盹。"

"刚刚兰州的招生组从省招办拿到高分考生名单了，已经发到了群里，你快看手机。"老张一屁股坐到床上，拧开矿泉水瓶盖，也喝了一大口水，"看来我们不虚此行，这次阳关中学有好几个我们的目标考生。"

"哦，他们已经把名字画出来了。"李果也坐到床上打开手机，看了一下群里发的甘肃高考成绩前一百名的考生名单，在五十名到一百名之间的考生的名字下，凡是阳关中学的都用红笔画了一条长长的粗线，后面是考生家长的电话，让人在触目惊心之余，也有一种这几个考生似乎已经被德华圈定录取的错觉，"考生的分数怎么没有？"

"我们拿到的只是学生的高考成绩的位次排名，具体分数要问考生才知道。"老张把矿泉水瓶放到电视机柜上，"先不管这么多了，抓紧时间，我们马上就给这几个考生打电话，让他们下午来学校参加我们的宣讲。不然，北飞的人先打过去就糟糕了。第一印象很重要，好像德国有个心理学家的理论，说是动物出生时睁开眼睛后第一眼看到谁就对谁叫妈，有的狗因为出生后第一眼看到的不是狗是兔子，从此就把兔子当妈，走路也跟着兔子跳来跳去了。现在德华能够给考生第一个打电话过去，德华就变成了那些考生的'妈'，接下来考生选择德华的概率就会很高。这样，你打这几个，我来打那几个。"

李果没想到老张的知识还这么广博。不过，老张可能也有点激动，所以才对他啰里啰唆说了这么一大堆话，不知道他这样其实是在耽误宝贵的时间。他忙对着老张的手机点点头，表示已经知道了分配给他的是哪几个人。看到老张终于拿起手机起身开始给考生拨电话，他也不好迟疑，从床上起来，按照那张表格上列出来的考生家长的电话号码拨了过去。电话响了几声后，很快就通了。他正要说话，看到老张已经在那边开始挥着手对着手机说话了，就躲进了厕所里。可老张的声音还是很大，他只好把厕所的门也关上。

电话响了几声后，李果也很快接通了一位姓赵的考生家长的电话，因为是第一次打这样的电话，开始他还有点紧张，把赵同学的家长直接叫成了赵同学，而且嗓子发紧，像个被人捏住了脖子的鸭子，声音又低又尖，像个太监一样，连自己都觉得很像个诈骗电话，一点也不像老张在外面声如洪钟，谈笑自如，似乎在通知对方来领福利彩票的头奖似的。还好赵家长又问了一句他是谁，他才赶紧纠正过来，叫了对方一声赵同学的家长好，又清了清嗓子。因为有在玉门中学的前车之鉴，他也不敢再托大直接说自己是德华大学的，而是先说自己是上海的招生老师，然后才说自己是上海德华大学的老师。这一招果然管用，赵家长马上说是

68

上海的大学啊，那应该是很好的大学。他立即点头说"是的"，接下来他祝贺这位家长的孩子高考考得不错，希望他们填报志愿时考虑一下德华。看样子赵家长还不知道孩子的成绩，所以立即激动地问考了多少分，李果只好对他说自己现在也不知道，这个要孩子自己去查才知道。然后，他对赵家长说希望下午他和孩子能来阳关中学见个面，大家一起聊聊。赵家长说了声"好的"，到时和孩子一起来。他忙说了声"谢谢"。

　　打完这个电话，李果有点兴奋，走出厕所想对老张说一下，可他看到老张正像等待开场的拳击手一样在房间里走来走去，一边挥舞手臂，一边大声地对家长介绍德华，完全没看到他从厕所里出来。他站着想等老张讲完话再向他汇报自己首战告捷的喜讯，忽然看到老张背后敞开的窗户外面有个X形的灰黑色的无人机，它静静地悬浮在空中，四个透明的螺旋桨旋转着，就像个蜻蜓一样轻盈地晃动着自己的翅膀。李果心想这里都有人玩无人机，怪不得无人机公司的股票要暴涨了。他盯着无人机又看了几眼，无人机似乎有点不好意思，看到他在看自己之后，就上下抖动了一下，然后往远处的空中飞走了。

　　老张还在滔滔不绝，根本停不下来。李果只好抓紧时间，马上重新走进厕所里，关上门，开始给第二个考生家长拨电话。这一次，他感觉自己就像卖春的妓女一样，有了第一次后，再对家长说话时口气从容多了。

　　老张联系的考生家长比李果要多几个，所以，李果打完电话从厕所里出来，看到老张还在慷慨激昂，振振有词，就拿自己刚才喝了没剩几口的矿泉水坐到床上喝了起来。老张打完最后一个电话，嗓子都哑了，他转身对李果还没说几句话就咳嗽了起来。李果看到他捏着脖子到处乱转，好像在找什么东西，忙从电视柜上抓起他的那瓶矿泉水递给了他。他拿过来就咕咚咕咚地喝了底朝天，然后喘了好几口气，才恢复了正常。

"差点失声了。"老张又咳了一声，"要是我真失声了，那可就全靠你了。"

"不会的，我刚才也是喉咙痒得厉害，赶紧喝了水才缓过来的。"李果举起手里快喝光的矿泉水摇了摇，"你要是真失声，那我们就没戏了，我可是全靠你指挥。"

"主要是情绪太紧张了。不过，俗话讲，先下手为强。看样子北飞的人还没给考生打过电话，这几个考生我们几乎是第一时间就和他们联系了。"老张把矿泉水瓶嗵的一声扔到电视机柜下的垃圾桶里，"不然，一步晚，步步晚。他们就要向北飞的人叫'妈'了。"

"是啊，可我这里有个考生可能已经接到别的学校电话了，刚才打过去，一直占线。不过，电话接通后，家长态度还好，说好几个大学都联系了，等会肯定会和孩子一起到学校来的。"李果觉得老张有点过于乐观，就补充了一句。

"没事，这也是正常的。我们吃荤，可敌人也不是吃素的，其他大学的人肯定和我们一样，很快就会去阳关中学的。"老张沉吟了一下，又说"这样，时间不早了，我们马上就去阳关中学，做好宣讲的准备，估计那些学生和家长很快就会到学校来咨询。我到楼下房间里收拾一下，把那件圆领衫换上，等会大堂见面好了，你记得带着那些宣传资料。"

李果这才注意到老张还穿着中午吃饭时的那件西装，看样子他回宾馆后就没有休息，一直在等待兰州招生组的信息，不禁觉得有点惭愧。

"好，我洗个脸，马上就到大堂等你。"

老张关上门走后，李果立即到厕所里洗了个凉水脸，因为担心嘴里还有酒气，他又使劲把宾馆里的迷你牙膏挤了又挤，连挤两支，才终于像便秘一样弄出点有塑料味的牙膏来，仔细刷了个牙。然后，他又照了一下镜子，用梳子蘸水把刚才睡乱的头发梳整齐。老张说得对，毕竟他们是代表德华的，不能搞得太邋遢，影响德华的形象。

第八章

看来，老张确实已经进入了战时状态，李果提着德华的资料到大堂时，看到他穿着那件德华的圆领衫正在服务台前打电话。

"我刚才叫了辆出租车，马上就到，我们到门外等好了。"

老张收起手机，和他一起推开了旋转门的玻璃门，走到了门外。

到了门外，李果才发现，门外站满了像他们一样穿着印有大学校名的圆领衫、提着大包小包的人，一望即知，大家都在等出租车。他看了老张一眼，觉得老张真是料事如神，还好自己没有耽误时间，不然，老张肯定会生气的。

可李果很快发现，等车的气氛比较紧张，大家就像逃难似的，每驶来一辆出租车，车还没停稳，就有一堆人迫不及待地冲过去，又是挥手，又是拉车门的，所以，为了能提前拦住出租车，不少人都已经站到了宾馆的门廊外面。他看了老张一眼，老张也注意到了这点，他马上给出租车司机打了个电话，叫他不要进宾馆，直接在外面的马路边等他们。然后，他挥了挥手，立即和李果快速走到了宾馆前的路边。

他们刚到，出租车就来了。老张正准备和李果上车，忽然从旁边冒出早餐时看到的震旦大学的那个穿着粉红T恤烫着大波浪的女老师,她双手提着感觉比自己还重的两个装满资料的印着震旦校徽的大马甲袋,气喘吁吁地叫住了他们。

"哎,德华的老师,请问你们是去阳关中学的吧?我是震旦的,也要去阳关中学,能不能让我拼一下车?阿拉都是上海人,自家人,就不要客气了,我来出差头费(出租车费)好了。"她扭动着丰满的腰肢,忽然来了一句上海话。

看着她的烈焰红唇和黑色超短裙下的黑丝大长腿,李果感到自己很难拒绝做一个好人,他拉开后车门,伸出手,正准备请这位美女上车,可是老张却严厉地看了他一眼。

"对不起,我们还有个同事在前面等着,要去接一下,实在不好意思。"

老张彬彬有礼地用普通话拒绝了这个难以拒绝的请求,然后拉开门坐到了副驾驶位置上。李果不禁觉得有点尴尬,他伸出的手只好生硬地从半空收了回来,自己也赶紧钻进了后排座位上。震旦的美女老师可能没想到他们会如此绝情,在车窗外嘟嘟囔囔对着他们又扭动了几下腰肢,还抬起粉红色的高跟鞋跺了跺脚。这让李果感觉好像每一脚都跺在了自己的心上。可老张却头也不回地叫司机快速赶往阳关中学。司机一脚踩到油门上,汽车立即像得了肺结核一样咳嗽着向前冲去。

敦煌不大,路上的车又不多,他们很快就到了阳关中学。在亮得刺眼的阳光下,阳关中学的高大的开字形校门矗立在宽阔的街道对面，可以看见校门的铁栅栏后通往校园深处，里面的主干道上静悄悄的，一个人影没有，只有两排高高的白杨树，在蓝天的映衬下，它们就像是用塑料做的一样，没有任何动静。李果感到有点奇怪，刚才飞天宾馆门前抢出租车的人好像连个影子也没看到，他想，要不就是那些人先去别的地方做宣传了，这样，他们学校也就成了第一个来阳关中学的大学了。看来，老张刚才挥剑斩情丝，果断"枪毙"了震旦的那个红唇美女的搭车请求是正确的，确实起到了抓紧时间的作用。他拿出手机看了看，对老张说，两点还不到，可能学校的人都还在午睡。老张说没关系，这样正好，他们可以提前在会议室里准备一下宣传的资料。李果点点头，和老张直接穿过空空荡荡的马路，走到了阳关中学的校门前。可能是他们上午来过一次的缘故，这次门卫师傅问也不问就在门卫室里打开侧门让他们进去了。

进校门后，他们按照上午王主任的交代，向右边的那幢粉红色的凹字形行政楼走去。李果问老张要不要和王主任联系一下，老张说先不用，因为说不准王主任正在午休，吵醒了他也不好。李果想想也是，就把手机收了起来。可是，让李果吃惊的是，当他们走到凹字形的行政楼前凹进去的长方形的小广场时，眼前出现的场景却让他一下子目瞪口呆。他忙回头看了看老张，发现他也震惊了，正像突然中风的人一样张开嘴，瞪大了眼睛。

因为这里简直就像是个盛大的人才招聘会，广场上摩肩接踵，人声鼎沸，穿着蓝白两色中学生校服的学生和家长正在人缝间穿梭。而在广场周围办公楼一楼的一圈走廊外摆了一圈学生用的课桌,每个课桌后面都坐着或者站着身穿五颜六色的圆领衫的大学招生老师,而在他们身后的走廊的廊柱上,也都挂着各个大学的红色的校旗或者贴着巨幅的招生海报。

"我们来晚了,早上和我们一起吃饭的家伙都到这里来了。"老张忍不住恨恨地对李果说了句上海脏话。

"是啊,我看到好几个大学的人了,金大、科大、上海工大,好像都来了。"

"对,还有震旦、南开、中山,看这个阵势,全国的985大学都来了。"老张迅速恢复了冷静,"不能耽误时间了,我们分头行动,你带着宣传资料去那间会议室准备一下,把校旗给我,我立即在广场上找个位置,把摊子先摆起来。"

"还要给王主任打电话吗?"李果忙把红色的德华校旗从背包里拿出来,递给已经开始东张西望找地方的老张。

"不用了,来不及了。你赶紧去会议室布置一下,记得先把德华的PPT准备好。"

"好。"

李果答应了一声,顾不上多说,提着背包就从人群里穿过去,往正对着广场的那间会议室走去。可是当他来到会议室敞开的门前时,又一幕让他咋舌的景象出现了。他竟然看到在明亮的会议室里,有一个穿着北飞圆领衫的长发女老师正站在讲台后忙碌,她盯着讲台上的电脑,似乎正在用鼠标调试着投射到身后的银幕上的PPT。会议室里摆着一张长长的棕色的长方形实木会议桌，四周坐满了学生和家长。李果来不及多想，立即走进去打断了她。

"请问你是哪个学校的？"

"北飞的啊。您有什么事吗？"

那个女老师抬起头来，似乎对他的明知故问感到很吃惊。她直起腰顺手把垂下来的柔顺的长发往耳后捋了捋，右手仍然握着桌面上的鼠标。你别说，她的脸虽然黑点儿，可眼睛还真大，而且，她身材挺拔，扎在腰带里的印有北飞校徽的圆领衫紧紧裹住了她高耸的胸脯，洗得发白的紧身牛仔裤也把她的大腿的曲线很好地勾勒出来，不禁让人的心顿时扭成了S型。李果觉得她很像皮肤加黑版的林志玲，而且，声音也很像。

可是，在这种关键时刻，尤其是事关德华和北飞之间的荣誉之时，李果想自己无论如何不能中了北飞的美人计，刚才老张在出租车旁义正词严拒绝震旦红唇美女老师的一幕也突然闪现出来，他告诉自己，现在就是林志玲本尊来了也没用。他立即毫不客气地把背包放在了讲台旁边。

"我是德华的，按照阳关中学的安排，等会应该是我们做第一场宣讲才对，你们北飞是不是搞错了？"

"是吗？这个我不知道呀，我们领导让我这个时候到这里来宣讲的，您看，要不您去找找我们领导？"

她有点惊讶地看着李果，大眼睛上的睫毛扑闪了一下，似乎比林志玲看起来还无辜。可李果知道,这是缓兵之计,但他又不能揭露,只好忍着气又问了她一句。

"你们领导在哪里?"

"在外面广场上咨询呢,要不您去问问他?不过,我这里也很快的,说不定等您回来我就结束了,要不您等一下,几分钟就好,我结束了您来?反正我们北飞和你们德华也是兄弟院校嘛,谁先谁后都差不多的啊。"她边对李果讲,边转头对着下面的家长和学生抛了个媚眼。

"对,我们都已经坐这么久了,那就让北飞这个老师先讲吧,然后你再讲,接下来我们还要和孩子一起去另外的会场去听金大、震旦的老师讲呢。"

有个男家长显然被这个嗲声嗲气的北飞林志玲的眼神给迷住了,马上出来为她站台。而且,那个色眯眯的家长还主动站起来,走到讲台旁边的窗户前伸手把遮光的窗帘拉上。

眼看着银幕上北飞的那个胖胖的米格飞机校徽立刻变得清晰起来。李果只好怨恨地盯着正在讲台上摩拳擦掌的北飞林志玲,故意上上下下左左右右地扫了她好几眼,真是恨不得用眼神把她从讲台上拉下来。

"既然这样,那就你先讲吧。不过,说好了,几分钟就结束,我就在这里等着你。"

"没问题,我会控制时间的。"她以一种似乎洞穿一切的微笑看了李果一眼,然后镇定地把手腕上的一只亮晶晶的手表摘下来,轻轻放在桌子上。"我结束了立即通知您,您可以先到会议室外面休息一下,谢谢了!"

李果本来是想站在会议室里听她讲的,可没想到被她看破了心思,虽然气得想吐血,可当着那么多家长和学生的面不好发作,只好转身拉开会议室的门走了出去,为了表示礼貌,他还顺手把门带上。他暗自诅咒,希望这个北飞林志玲吹完北飞后就立即变得像北飞校徽里的那架米格飞机一样胖。

广场上此刻正是旌旗招展,气氛热烈,虽然没有音乐伴奏,可各个大学的招生老师声嘶力竭的声音和学生与家长们的交谈声却响成一片,就像有一大群蚊子在被阳光照得透亮的空气中飞舞。在红旗猎猎中,他用眼睛努力在人群中扫描了一下,可却没能看到德华的旗帜和老张的那个耀眼的光头。看来,老张和他一样,也遇到了麻烦。

这时,忽然从身后的会议室里传来了一阵热烈的掌声。看来这个山寨的林志玲讲的效果还不错。李果不禁有点怒火中烧,他拿出手机就给王主任拨了个电话。

"王主任,我是德华的小李啊,有个急事情打扰你一下,不知道怎么回事,我们宣讲那间会议室北飞的人已经提前用了,不是说好我们先宣讲的吗?"

"哦,抱歉啊,他们中午就来找我了,一直缠着我,而且高考分数公布后,很多学生和家长都很着急,提前来学校了,你们又不在,所以,只好让北飞的人先讲了。"

"这样啊。"

"没事的,这个关系不大,等会我就亲自过来,给你们德华加把油。"

"好吧。"

李果听到王主任话说到这种地步,只好把电话挂了。他刚才还想等北飞林志玲宣讲完后再进去,可现在转念又想说不定到时又有什么学校的人突然闯进来,如果又是个女的,那就糟了。他立即推门走进了会议室,低着头假装没看到北飞林志玲的惊讶和恼怒的眼神,弯腰坐到了会议桌后的一把沙发椅上。

"各位同学和家长好,刚才有人进来打断了我的讲话,但是没关系,我接着继续向大家介绍咱们北飞。"

李果看到她一手捋着自己垂到胸前的长发,一手低头按了一下讲台上的鼠标,转头看了一眼身后的PPT后,又转过身来面对着大家侃侃而谈起来。

"可能各位同学和家长都已经都知道了,我们北京飞航大学的简称是北飞,当然您如果愿意,也可以简称北大。同学们不要笑,不要以为我们简称北大是高攀。其实,咱们北飞真的是没办法谦虚,大家可能不知道,北飞最早就是北大和清华的航空系联合组建的中国最好的航空大学,现在更是中国和亚洲,乃至世界上最大的也是最好的专门培养航空和航天高级人才的大学。这些年,北大也好,清华也好,为了建设世界一流大学,一直想和我们合并,但一方面我们北飞不同意,因为我们的学生找工作比他们都要好，平均收入也比他们高很多；另一方面北大和清华还在竞争，不知道谁最后能胜出，然后再和北飞合并，所以到现在北飞还是保持着独立。当然说不准哪天，北飞胳膊拧不过大腿，国家非要让咱们北飞和北大或者清华合并了，那各位同学也没办法，只能拿北大或者拿清华的文凭了。哈哈，各位家长也不要笑，在中国一切都有可能。孔子曾经说，'父母在不远游，游必有方'，意思是一个人要孝敬父母，父母健在的时候不要远离父母，如果真的要外出，那么一定要有个合适的方向或者地方。相信各位同学如果到首都北京去读北飞，不要说你们的父母，在座的家长们会同意，即使孔子在世，我相信他老人家也会赞成的，而且，说不定他也很高兴去首都读大学的。再说了，敦煌是飞天的故乡，可以说，敦煌的学生天生都有飞天的梦想，而北飞是各位同学实现飞天梦想的最好的大学。所以，我们特别欢迎在座的同学们踊跃报考北飞，为实现飞天梦，为实现民族的伟大复兴，为实现中国梦，贡献出自己的力量。"

看来她可能跟着央视《百家讲坛》的那些主讲人练过演讲，这个演讲几乎一气呵成，而且在最后结束时，她不仅用了排比句，而且声音也突然提高了八度，然后抬起右手一挥，定格在半空中，演讲顿时戛然而止。讲台下的家长和同学可能也是第一次看到这种演讲真人秀，愣了一下后，立即报以一片热烈的掌声。

李果感觉这个北飞林志玲的脸皮也太厚了，不仅把北飞和北大、清华胡乱嫁接到了一起,还搞得这么煽情,真不知道她是来招生的还是来作秀的。可是李果已经来不及多想了,因为掌声刚一结束,她突然伸手邀请李果上讲台介绍德华。

"下面就请德华的老师来介绍一下德华的情况,各位同学和家长在考虑我们北飞的同时,也可以考虑一下德华。或许同学们和家长们还不知道,德华在上海,是我们的兄弟院校,排名排在我们后面一点,但是,也是个985大学。"

听到她这番表面客气大度、实际上把德华当作北飞小跟班的说法,李果感觉很不舒服,但面对着忽然扭过头来看着他的这么多学生和家长,他只能嘿嘿地笑着答应了。他走上讲台,本来想等北飞林志玲离开会议室后,把优盘从讲台旁的背包里拿出来,插到讲台的电脑上,然后再像北飞林志玲一样按照里面的图文并茂的PPT讲的,可是因为这个北飞林志玲走下讲台后竟然没有离开会议室,而是直接坐到了他刚才坐过的那张椅子上,然后不仅举起右手在胸前向他轻轻地挥了挥,还向他微笑了一下,他只好硬着头皮临时决定不用PPT直接讲了。

这还是他第一次当着这么多人介绍德华,加上又有北飞的人在场,就像平时在学校上课时突然有个头发花白、一言不发的教学督导闯进教室来听课一样,总是多少让人感到有点拘束。开讲后,他感觉自己的舌头像打了结一样很不利落,不仅讲得结结巴巴的,还讲得老老实实。他先列举了德华有几个院士,又说了有多少国家级的重点学科,还说了有几个博士点,就差把德华印在圆领衫上的那些乱七八糟的数据背了一遍了。所以,说着说着,他自己都感到枯燥乏味起来。他觉得自己额头发热,似乎汗都冒出来了。刚开始的时候,李果还敢看着北飞林志玲的微微翘起的嘴角说话,到后来他的眼睛干脆看也不看她的那个方向了。终于,谈到德华的出国留学的数据时,他忽然兴奋了起来。

"各位同学和家长,我们德华大学在上海,可以讲,十里洋场上,最洋气的大学就是德华了,这不仅是因为我们最早是由德国人创办的,一直采取德式教育,而且,我们的国际化的程度很高。这点我们仅次于北大、清华,是全国第三名、上海第一名。北飞的数据我不清楚,不过我记得好像是排在一二十名开外,大家等会可以找北飞的这个老师核实一下,或者现在就用手机搜索一下看看,这个数据应该是公开的。"

看到下面的家长和学生脸上惊讶的神情,还有的家长和学生似乎真的低头拿着手机搜索了起来,李果感到自己好不容易出了口恶气。他得意地朝北飞林志玲看了一眼,他觉得,她的脸似乎一下子变得更黑了。这下他更来劲了,拿起讲台上放着的一瓶矿泉水拧开盖子喝了一大口,索性放开讲了。

"这个国际化不仅表现在我们的留学生很多,我要补充一句,因为我们和德国的历史关系,这个大家可能都知道,所以,德华的留学生里欧美人居多,也就是白人居多,不像很多学校非洲人居多。但是讲到这里,我必须要声明一点,我说这个不是歧视黑人留学生,而是有客观的数据支撑的。而且,说到一个大学的国际化,不能只讲有多少发达国家的留学生,也要讲讲我们到外国去留学的人有多少,这样才是真正的国际化。可能有个数据各位家长和同学也不知道,在上海的大学里,每年,我们的毕业生去美国留学的数量和震旦、上海工大的差不多,可是每年德华去德国留学的学生他们两所学校加起来也没有我们的多,甚至全上海的大学毕业生每年去德国留学的也没有我们学校多。当然,考虑到兄弟院校的面子,这个数据我们是不方便披露的,但他们都心知肚明。比如北飞的这个漂亮的女神老师就一定是知道的。还有就是,我们的国际化程度高还表现在学校里的国际师资比例很高,比如,我们的国际师资里,就有好几个诺贝尔奖获得者常年来学校上课,至于我们聘请的其他世界一流大学的教授,比如麻省理工、哈佛、巴黎高师等的都有,来自德国的大学的就更不用说了,什么柏林大学、海德堡大学的都有。我们在校的学生出国交流比例也很高,比如德国,我们的学生都不想去了,以至于有的学生讲段子,说德华的学生去德国的大学就像上厕所一样方便。当然,这个是粗话,请大家原谅。好,我的介绍就到此为止,我们先休息一下,按照你们李校长和王主任的安排,接下来应该是我们德华和同学家长深度交流的时间,对德华有兴趣的同学和家长可以再和我细谈一下。我这里有一些德华的资料,包括这几年的录取分数线,还有人数等,大家需要的可以随便看看,不清楚的可以直接问我。"

李果讲完忍不住又看了北飞林志玲一眼,感觉她刚才变黑的脸竟然又变白了,她突然气鼓鼓地站了起来,对着家长和学生们招了一下手。

"这位德华的老师对我们北飞不是很了解,我们的国际化程度也很高的,想了解的家长和学生现在就可以直接找我谈。"

"可以的,对北飞有兴趣的同学和家长也可以和这位老师交流一下。"

看到她有点气急败坏,不小心被自己牵住了鼻子,也要谈国际化问题,李果大度地笑了。他弯腰从放在讲台旁的背包里掏出一大沓德华的宣传资料,然后走下来放到了会议桌中央,很多家长和同学立即从座椅上站起来,开始伸手取阅,有的家长还和身边的孩子低声聊了起来。李果很高兴,可他转眼看到,北飞林志玲也从刚才靠墙的椅子上站了起来,走到会议桌前拉开一把椅子,厚着脸皮坐了下来。

这时会议室的门忽然被推开了,李果转身一看,原来是王主任和老张来了。老张估计刚才一直在广场上暴晒自己,已经满脸是汗,而且他的光头明显变红了。看到他们,坐在会议桌前的好几个家长和学生都忙站了起来,向王主任问好。王主任也满面红光,变色眼镜后的眼里的笑意已经无法掩饰,他像国家领导一样微笑着伸出双手频频下压示意他们坐下来。

"坐下,坐下,大家不用客气。这次,你们几个同学都考得不错,也是我当班主任以来考得最好的一次,都是600多分啊,不容易,不容易。"

"这都是王主任教学有方啊。"有位家长在座椅上欠身笑着对王主任说。

"哪里,是同学们自己努力,也是你们家长给力啊。"王主任走到会议桌前,又向大家摆了摆手,"接下来,就是填志愿了。这个很重要。以前大家经常讲,性格决定命运,我看啊,现在是大学决定命运,专业决定命运,刚好德华的老师在这里,这是张老师,还有李老师,你们可以仔细咨询他们一下。"

"王主任,你只看到德华的人在这里,我们北飞的人也在这里啊,怎么王主任视而不见啊?"

李果转头一看,刚才还气得脸发白的北飞林志玲已经变了一张脸,满脸飞红,也不用您了,直接站起来笑容可掬地对王主任撒了个娇。

"哦,等下你们也好好和北飞这位老师交流一下,听听他们的建议。"

北飞林志玲的突然发难,让王主任似乎也有点乱了方寸。李果感觉他的变色眼镜的镜片一下变深了,刚才还顾盼神飞的眼神也重新变得深邃起来。他忙说自己还要去看看别的大学的宣传情况,转身向门口走去。

老张对李果眨了眨眼,李果立即明白了老张的意思,马上和老张一起一左一右陪着王主任向门外走去。可没想到,北飞林志玲也一个箭步,跟了出来。王主任回头一看,感觉有点尴尬,只好说自己要先去个洗手间,大家不要客气,赶紧去忙自己的事情好了。然后,他一个人向走廊里的厕所走去。李果本来准备转身回会议室,可老张忙对他咳嗽了一声,对他大声说自己也要去一下厕所,还问他要不要一起去。李果知道他是希望自己陪他去,虽然感到有点迷惑,可也只好也说了声"去的"。他们就跟着王主任往厕所走去。李果快走到厕所时,忽然想起来要看看北飞林志玲是不是还在后面,就回头看了看,果然,她站在刚才的地方正一动不动地盯着他们。李果忍不住扑哧一声笑了出来。

不过,进了厕所,李果发现王主任还真的是言行合一,有所动作。看到他站在长长的不锈钢小便槽前,一脸如释重负的样子。老张立即拉开裤子拉链站到了他旁边。而且,李果觉得,老张凑得实在太近了,不明白的人很可能会误解他们的关系,见多识广的人可能把他们当成时髦的LGBT(性少数群体),没见过世面的人则会把老张当成是个泌尿科医生,正在给王主任检查难言之隐。更让李果惊讶的是,老张这个人真是有随机应变的本事,他竟然真的像王主任一样尿了出来。李果只好站在王主任另一侧装模作样了一下,可能是刚才宣讲的时候太紧张了,消耗了大量水分,他好不容易也挤出了几滴来,总算得体地和老张保持了一致。

"王主任,祝贺你啊,没想到那几个高分的学生都是你班里的。"老张就像是偶遇到王主任一样,转头笑着看了看他。

"是啊,我也没想到。"王主任也放松了下来。

"你是班主任,对那几个学生也很了解,可以鼓励他们报我们德华啊。"

"这是自然的,不过,我起不了多大作用,主要还是看学生和家长的意愿。"王主任微笑了一下,从容不迫地拉上裤子拉链。

"当然,这个我们懂,不过,学生、家长、班主任都很重要,缺一不可,而且,学生和家长都很重视班主任老师的意见。"老张也忙提了提裤子,"对了,小李,你是不是已经对王主任还有别的老师讲过了,我们今年有个项目,为了鼓励那些为德华输送优秀生源的老师,德华出资邀请他们到德华去交流一个星期。对吧,小李?"

"对的,今天太忙了,都怪我昏头了,忘记把这个政策及时告诉各位老师了。"

李果立即接过了老张的话头。他顿时也明白了老张拉着他一起陪王主任上厕所的用意。可是他还真不知道德华有没有这个项目。

"张教授放心,作为班主任,我会鼓励优秀的学生去你们德华这样的好大学读书的。"王主任慎重地扶了扶变得更黑的眼镜,转身向厕所外面走去。

"那是,那是,这也是我们这次来阳关中学的目的。"

老张忙把王主任送到了厕所门口,还没忘记向他挥了挥手。他转身看到李果就站在身后,问他宣讲得怎么样。

李果还顾不上回答他的问题,先问他邀请中学老师去德华是不是真的,因为自己在参加招生培训时,好像没有看到有这个项目。

"现在还不是真的,但是如果王主任这次真的能帮我们录取到好学生,我们就请他去一趟。"老张把头顶的那一缕头发又往上撸了一下,"俗话说,舍不得孩子套不着狼。这个钱如果学院不出,大不了我自己出。"

看到老张昂首挺胸的样子,李果顿时对老张的急中生智和假私济公的精神心生敬意。不过,厕所里的味道实在太大了,他还是拉着老张赶紧走出了厕所。

可是,没想到,等他们兴冲冲地回到会议室时,就这么一小会工夫,刚才还坐得满满的学生和家长突然都不见了,那个黑着脸的北飞林志玲也不见了。李果看了看老张,发现老张也有点一脸蒙。他对老张嘀咕了一句,估计那些学生和家长都去听别的大学的宣讲了。老张无奈地说了声有可能。李果看了看空空荡荡的会议室,只剩下两个学生还在会议室里,一个戴着近视眼镜的女生和同样戴着近视眼镜的一看就是她母亲的人正坐在靠近门口的地方翻阅德华的资料,还有一个男生一家三口和一个不知是哪个学校的男老师坐在会议桌的另一头聊天,正发出欢声笑语。

李果赶紧走到那对眼镜母女面前,问她们是不是对德华有意向。那个眼镜母亲脸色似乎不太好,有点黑黄,人也瘦瘦的,她咳嗽了一声,抬起头说她们正在考虑,孩子有点想去上海读书。李果一阵激动,问她孩子考了多少分,母亲说考了630多分,上午已经接到了德华老师的电话,所以下午特地过来咨询的。李果立即反应过来这是他们的目标考生。他问了问她孩子的名字,知道是老张打的电话后,他忙从旁边的背包里拿出一张意向考生登记表,叫她们先登记一下。同时,又拿出手机,打开微信,叫这个女孩扫一下上面的德华的招生二维码,把自己的确切信息登记好。然后,他问女孩要报德华的什么专业,女孩推了推脸上的眼镜,看了看她妈妈,说还没考虑好,要再和妈妈商量一下。

"好的,那你们先看看德华的专业介绍,我等会再过来。"

李果对着女孩笑笑,从她们身边走开了几步。他看到老张已经走到坐在会议桌另一头的那个男生旁边,就也走了过去。他这才看到那个男生一家三口对面坐着的那个男老师的圆领衫的胸前印有一个白色的上海工大的齿轮校徽,他有点奇怪,刚才他们在宣讲时好像没有看到这个家伙,不知道他从哪里突然冒出来的。李果顿时有一种腹背受敌的感觉,看来这个本来来听德华宣讲的学生要"凶多吉少",很有可能要被上海工大骗走以后当包邮区的工厂苦力了。

上海工大这个家伙的疙里疙瘩的脸就像月球表面一样坑坑洼洼,可他已经浑然忘我,正口沫横飞对着这个男生的家长侃侃而谈,以至于脸上的每个麻点似乎都像火焰喷射器一样红光四射。他说他觉得这个男同学的气质和自己的气质,特别是和上海工大的气质都很吻合,而且到上海工大去学土木工程也是非常好的选择,再说以他的分数进上海工大肯定没问题。

听到这个上海工大麻脸哥嘴里竟然吐出这样罔顾事实且令人发指的话，李果简直不敢相信自己的耳朵。那个男生白白净净，显得很文静，绝对是个"小鲜肉"，说他和德华的比较洋气雅致的气质比较吻合还差不多，怎么可能和他这张大麻脸吻合呢？！

老张之前一直把胳膊抱在胸前，似乎正在认真地听这个上海工大的招生老师胡扯，这时忽然伸手打断了他的话，说如果这个男同学想学土木工程，最好还是到德华，因为德华的土木工程全国排名第一，上海更是绝对第一。

"哦，土木工程德华是不错，可是上海工大也很好。"上海工大麻脸哥没想到老张会突然袭击，有点猝不及防。

"上海工大的土木工程和德华比起来差太多，有点像幼儿园和大学比，我过去在上海工大当了很多年老师，后来才调到德华工作的，所以，对两个学校的专业都很了解。"老张甩了一下额头上的那一缕头发，似乎不经意地提了一句，"当时我经常和上海工大土木工程专业的青年教师一起踢球，知道他们很多人都是德华毕业的。"

李果没想到老张还有这一手，他看到上海工大麻脸哥的麻子开始变白了。

"这个，怎么讲呢，在土木这个专业上上海工大比起德华是有点差距的。不过，其实上海工大和德华历史上来往很多的，老师和学生也都有很深的交流。过去上海工大的土木也很强的，好像1950年前后院系调整的时候，上海工大的土木被并到德华了。

那都是过去的事了，要这么说上海工大现在的造船啊什么强势专业也都是院系调整时从德华并过去的呢。"

李果猜老张说的这个段子可能是真的，他看到上海工大麻脸哥被老张这句话一下呛得哑口无言，嘴巴张了张，也没蹦出一个词来。

老张不再和他啰唆，转眼对旁边听得一愣一愣的那个小鲜肉男生和他的父母笑了笑。

"算了，这些都是陈芝麻烂谷子的事了，对你们也没什么意义，现在的关键是孩子想学什么专业最重要，刚才王主任说得很好，专业决定命运。如果孩子要学造船、机械、动力啊什么的，我建议可以考虑一下上海工大。要学土木呢，那最好来我们德华。"他又转头问上海工大麻脸哥，"你说对吧？"

"怎么说呢，"上海工大麻脸哥在被老张意外暴击后可能还处于技能冷却状态，停顿了一下，才终于答非所问地憋出了一句，"我觉得，上海工大和德华还是各有千秋吧。"

这时，李果看到会议室另一头的那一对眼镜母女在向他们这边张望，而且，母亲还在向他们招手。他立即告诉了老张。

"这样，那边那个家长想向我们咨询，我们先谈到这里。你们如果对德华的专业还有不明白的地方，可以随时联系我们，也可以直接到宾馆里来见我们。我们就住在飞天宾馆，可以详细谈。"老张对小鲜肉一家很客气地说。

"我们上海工大的老师也住在飞天。"上海工大麻脸哥赶紧跟了一句。

"知道,之大、震旦、金大都住在飞天。"老张对他意味深长地笑了笑。

李果顿时感到底姜还是老的辣,老张这么一讲,其实是在提醒家长,要他们不要被上海工大麻脸哥迷惑了,"一麻障目",上海工大只不过是若干所大学中的一所而已,并非一票难求。当然,与此同时,老张此举给上海工大麻脸哥的脸上又添了个坑。所以,他看到上海工大麻脸哥的麻子又一下变白了好多颗。

老张走到会议桌子这头后,先拿起之前自己放在桌子上的一瓶矿泉水狂喝了好几口。看来,他刚才与上海工大麻脸哥的交锋中虽然有泰山压顶之势,可还是动了真气,消耗了不少能量。

"你们有什么需要我解答的吗?"他拉过一把椅子,坐在了这对眼镜母女对面。

"是这样的,我们女儿想学会计,可是德华今年在我们这里不招会计专业,不知道怎么办?"眼镜母亲推了推自己脸上的眼镜,看了看老张。

"没事的,妈妈让你学会计没错的。"他看了眼镜女孩一眼,又转头对眼镜母亲笑了笑,"是这样的,德华虽然没有在你们这里招会计专业,可是我们的会计专业很强的,你可以先让孩子报别的专业,进了德华后再转会计。德华鼓励学生转专业,按自己的兴趣学习,是吧,小李?"

"对的,德华今年在全国大学里第一个宣布,学生进校学习一年后，可以无门槛转专业。孩子第一年学习结束后就可以立即转会计，不用担心的。"李果忙补充了一下。

"那不是要多读一年？"眼镜母亲抬头问他。

"是的，不过多读一年，可以让孩子多增长点知识。"李果说了这句话后，自己也感觉这个理由有点勉强，"现在用人单位都喜欢复合型人才，多学点有就业优势。"

"其实，现在专业并不重要。"老张看到李果的理由似乎还没有说服眼镜母亲，就把矿泉水瓶放到了桌子上，再次亲自出手。

"这位同学妈妈，我说句话你不要介意，可能大家生活在不同的地方，观念有点不一样，还有就是各方面的信息传递也不是很全面，我就给你简单介绍一下我们那里的情况。现在在上海还有沿海发达地区，那些外资企业和国家单位招聘时一般都不看学生的专业，只看毕业于哪所大学。就像我知道德华去年有个研究生，是研究马克思哲学的辩证法的，可毕业后照样进了世界著名的财务咨询公司麦肯锡，现在赚的钱是我的好几倍。这主要是因为我们德华在上海也好，在长三角的其他城市也好，绝对是金字招牌。所以，我觉得，你和孩子也没必要拘泥于学什么专业，或者非会计不学，最重要的是先进德华这个门，别的都不重要。"

听到老张振振有词，李果不禁有点目瞪口呆，因为刚才他还对那个小鲜肉家长讲专业最重要，现在突然调转枪头又对眼镜家长讲专业不重要，岂不是自我矛盾?! 他赶紧朝会议桌那头望了一眼，看到那个上海工大麻脸哥还在投入地和小鲜肉一家在滔滔不绝，似乎根本没有注意到老张说了什么，才多少放了点心。

"可是，马克思很伟大的，他什么都搞的，特别是他搞政治经济学啊，那个研究生很可能也研究了马克思的政治经济学，才被那家大公司录用的。"眼镜母亲犹豫了一下，低声反驳了老张一句。

老张这下尴尬了，好像被什么东西噎住了一样，喉结动了几下，话也没说出来。李果赶紧把矿泉水递给他，他拧开盖子喝了起来，掩饰了一下自己的失语。

"对了，小朋友，你真的喜欢会计吗？"老张一计不成，又生一计，转而向她女儿发起进攻。

"大家都讲会计好，所以我也想学的。"眼镜女孩老实地回答。

"哈哈，是不是你妈妈想让你学啊？"老张笑着问她。

她看了看妈妈，有点不好意思地笑了。

"是的，我妈妈就是做会计的。其实我是想学医学的，我妈妈身体不好，我很想以后当个医生，这样可以以后给妈妈治病的。"

"你看你这孩子，好好地，话也不会说，和老师说这个干什么？"她母亲透过眼镜严厉地瞪了她一眼，"说实话，老师，我自己是在工厂里做会计的，觉得女孩子学个会计什么的，以后有个技能，就业不用发愁。"

"哪里，你女儿对你这么孝顺，你应该表扬她才对啊！"老张忽然又兴奋起来，转头温和地看了看她妈妈。"不过，我也要说，你真想让女儿学个技术，那医学比会计还要牢靠，这个你肯定知道，工厂经常会倒闭，可医院不会倒闭啊。而且，真要学医那选我们德华就对了，我们德华的医学可是从古到今都很好啊！我们很多老师都是在德国拿到的医学博士学位，德国的医学水平可比美国还高。"

这时，门口忽然有穿着北京政经大学的圆领衫的老师提着一个黑色的皮质公文包走了进来，在他身后跟了好几个学生和家长。这个政大的老师看到他们和在会议室里面嘀嘀咕咕的上海工大麻脸哥后，就在讲台上大声问他们是不是可以换个地方，因为下面轮到政大宣讲了。

老张"哦"了一声，忙起身对眼镜母女说了声"抱歉"，问她们是不是要换个地方继续谈下去。可眼镜母亲讲，她们想考虑一下再说。老张只好说了句"随时联系"，赶紧和李果一起收拾了一下东西，离开了会议室。李果注意到，上海工大麻脸哥脸皮真够厚的，他竟然一动也没动，还在和小鲜肉的家长聊着什么。

从会议室出来，李果来不及好好呼吸一口外面新鲜的空气，放松一下自己的心情，就忍不住问老张，刚才他对麻脸哥说自己在上海工大工作过是不是一种随机应变的策略。老张"哈哈哈"地笑了，说自己以前还真的在上海工大工作过，这次只不过是碰巧了而已。李果又问他："那个小鲜肉学生会选择德华吗？"老张摇了摇头，说十有八九不会，他上午给他的家长打过电话，孩子排名五十几名，按照往年各个学校录取的考生的排名区间，他很可能还是选择上海工大，要不就是同分数段的之大和震旦等大学。李果顿时在对老张的清醒深深佩服之余，也不禁再次深深感到他们所面对的竞争的残酷和任务的艰巨。他也立即理解了上海工大麻脸哥为何这么锲而不舍、不顾一切地厚着脸皮留在会议室里了，都是肩上的责任太重大啊。

可能是敦煌别的中学的学生和家长也来这里咨询了。李果看到办公楼前的凹字形广场上的人似乎越来越多。在炽烈的阳光下，每个大学的招生老师都站在挂着学校旗帜的课桌旁，像菜市场的小贩一样声嘶力竭地向学生和家长推销着自己的大学。李果忽然感到有点疲惫，他抬头看了看远处白杨树顶的天空，天好像变得更蓝了，有一朵白云像个反弹琵琶的飞天一样轻盈的飘浮在半空，和地上的喧嚣比起来，让人觉得蓝天是那么宁静、安详，无忧无虑。但这只是一刹那的闪念，李果很快找到了挂着德华旗帜的桌子，和老张一起快步从人群里挤了过去。

第九章

李果和老张在阳关中学忙到下午五点多才结束，虽然接待了很多学生和家长的咨询，可基本是做无用功，因为那些在他们身边依依不舍地反复问来问去的家长，孩子们的分数距离德华预估的录取分数线太远。那些家长总是觉得他们可以网开一面，其实，如果分数不够，他们也没有任何办法。更何况他们的工作是尽可能让那些高分考生报德华，而不是拯救那些在录取分数线边缘挣扎的同学。可让人觉得不妙的是，他们咨询来咨询去，除了在会议室里见到的那个小鲜肉和眼镜女孩外，上午打过电话的其余的几个高分考生却一个也没来。老张估计他们都被其他大学的人拉去单独谈话了，比如那个无耻的上海工大麻脸哥就赤裸裸地当着他们面把小鲜肉同学一家打劫走了。

对此李果感到很遗憾，但老张觉得很正常，现在有网络，又有那么多大学老师来现场招生，考生和家长也都很清楚各个学校的排名和录取学生的分数档次，他们没必要对希望不大的考生再投入精力了。因为两天后考生就可以填报志愿了，他们无论如何也要抓住德华的那几个目标考生做做工作，当然，那几个目标考生也是北飞的目标考生，所以，他们的努力目的就是争取让那几个考生填志愿时把德华放在第一位而不是把北飞放在第一位。但从今天下午的表现来看，除了那个眼镜女孩和她妈妈明确对德华比较有兴趣之外，其他的几个考生，别说老张、李果一点也不清楚他们的意向，就是连个影子都没见到。李果对老张开玩笑说，他们十有八九是被北飞林志玲用美色和《百家讲坛》式的胡扯给忽悠走了，谁知，老张居然也很严肃地点头表示认可。

这让李果真的忧心起来，很明显，他们目前的形势不仅不乐观，甚至很让人失望和沮丧，到现在他们竟然一个目标考生也没锁定。所以，在回宾馆的出租车上，虽然他们又累又饿，瘫倒在座椅上一句话都不想说了，老张还是坚持回宾馆后先不急着去吃饭，要立即给上午打过电话的高分考生再一一打个电话再说。他想约他们明天来宾馆具体谈一谈，再细致地做一下工作。因为李果还背着装有德华宣传资料的背包，人也有点累，老张决定还是像上午一样到李果房间去打电话。他们从电梯里出来时，刚好经过紧邻电梯口的一个房间，门是半掩着的，李果听到里面有个男人在大声说话，很像是在打电话，可能是信号不好，每讲一句就"喂喂喂"的。他立即拉住了老张，站在门外的走廊上听里面传出来的说话声。

"我这主要是为你们孩子的未来着想，希望他能够报考我们震旦，不说别的，上海工大毕竟在上海的郊区，在西南角的农村，还是乡下，离上海市区还有几十公里的距离，去趟上海地铁也要一个多小时的，所以上海市区地图上都没有，你们让孩子去那里读书，实际上等于是上山下乡当知青去了。你们想想，孩子说是在上海读了四年大学，可是也没去过几次上海市区，那和在敦煌读大学有什么区别？喂，喂，不，我这可不是开玩笑，说真的，上海工大那里还比不上敦煌这么方便、繁华，我们震旦可是在上海的市区，在五角场，很繁华。这个你们可以自己百度的。喂喂，我说得对吧，哦，换成陈同学了，那你说呢？陈同学，你应该选择震旦啊，开个小玩笑，你可能不知道，震旦的学生在上海很傲娇的，因为震旦在历史上曾经叫过复旦，所以震旦在上海还有个绰号，叫双黄蛋大学。上海工大也好，德华也好，可都是单黄蛋，你说哪个更厉害？喂喂喂！"

李果突然听到房间里传来了脚步声，可能是信号不好，这个震旦的老师似乎拿着手机跟着信号出来了。他忙拉着老张的胳膊往自己的房间走去。

"社会太险恶了，震旦这个双黄蛋老师太无耻了，竟然用这种方式诋毁上海工大，诋毁我的老东家，欺骗善良的考生和家长。"

他们一进房间，老张就破口大骂了起来。

"这都怪竞争实在太激烈了。"李果同情地说。他发现，老张这个人还是挺有情有义的。

"是啊，我们得马上给那些考生家长打电话，看来大家都没闲着。"老张立即化愤怒为力量，掏出了手机。

李果刚才还有点疲惫不堪，现在也一下子像打了鸡血一样重新精神抖擞起来。

"好，你等下还打上午你打过的那几个，我来打我打过的。"老张到厕所里拿了一瓶酒店赠送的免费矿泉水，拧开盖子喝了一大口，准备大干一场。

敦煌的天黑得很晚，虽然快六点了，可窗外还是阳光灿烂，一点没有黄昏的意思。老张喝了半瓶矿泉水后，一屁股坐在窗下的沙发上，把手机开到免提模式开始工作。李果也走进厕所，关上门开始打电话。情况果然急转直下。他打第一个电话才刚说了句"我是德华的老师"，对方就说他们不准备考虑德华了。第二个电话接通后，对方说正在开重要的会议，不方便聊。第三个电话则说自己在外地出差，只能过几天回去再联系了，然后立即挂断了他的电话。李果无奈之下从手里找到他们的成绩单，发现他们都是前50名的考生，这显然不是德华的菜，难怪他的电话打过去都吃了闭门羹。他只好摇摇头，推开洗手间的门走了出来。

老张的脚翘在床上，正对着手机大声讲话。看样子他正在做说服工作，挥舞着另一只手，似乎恨不得把电话那头的人一把抓到面前抽几个大嘴巴才好。

"什么，北飞的人说他们的专业比德华好？什么，中美贸易战爆发后，美国制裁中国的大学里北飞的专业最多？这说明北飞的这些专业水平很高？怎么可能？好好好，就算北飞的人说的是真的，可你想想，孩子大学毕业后要是想去美国留学，那岂不是麻烦了？！我们德华就不存在这样的问题啊，毕业了你想去美国就去美国，不行的话还可以去德国，德国的科技实力也很发达的啊。喂喂喂？电话怎么挂了？"

手机嘟的一声没声音了，老张把脚一下从床上拿了下来。

"老残酷的，这个考生家长把电话都挂了。"

"我这里的几个考生家长也大都拒绝了。"

李果看到老张的脸上似乎也露出了沮丧的神情，听到他的汇报后，他重又一屁股倒在了沙发上，把手机扔到床上，闭上眼睛抬起手开始捶自己的今天已经被晒得黑里透红的秃脑门。李果也拿了一瓶矿泉水坐到了床上，他拧开盖子，正准备喝的时候，忽然看见在窗外的半空中，又出现了一架无人机。这架无人机的样子也是X形的，颜色和上午看到的一样，也都是灰黑色的。他站起来，走到窗户边，盯着这架无人机看了起来。很快这架无人机就像是看到他在看自己了一样，又向远处飞去。

"怎么了？"旁边的老张忽然问。

"有架无人机在这里飞来飞去的。"李果拿起瓶子喝了一口水。

"现在这玩意儿到处都是，很多人拿来拍照片，没什么奇怪的。"老张对他看了一眼，"好了，我们可以去吃点东西了。刚才我这里一通电话打下来，好说歹说，加上下午来咨询的那对戴眼镜的母女，明天上午十点，应该会有四五个学生愿意来宾馆和我们再谈谈。他们的家长都说明天是周一，要上班，不知道到时候能不能向单位请假陪孩子一起来。"

"太好了！我还以为你这里都没戏了。家长不来也没关系的，只要学生来就可以了。"

李果很高兴，恨不得低头亲老张那被今天的太阳晒得油亮的大光头一大口，可转念又觉得不妥，只好像美国职业篮球联赛球员投进了球时就与同伴击掌相庆一样，伸出手来要和老张的巴掌互拍一下。老张开始看他朝自己举起手还不明白他什么意思，直到他又摆了摆手才明白过来，笑着和他愉快地"啪"了一下。

因为今天奔波了一天，人确实比较累，中午那顿烤全羊也早已消耗殆尽，老张和李果决定马上在宾馆附近找个地方吃一顿，补充补充能量。

"等下我请客，请你吃这里有名的胡羊焖饼，据说是敦煌的第一美食。把你拉来敦煌，不能让你只干活，也要叫你吃好，玩好，这样活才能干好。等完成任务，我们一起去莫高窟放松一下。"

"张老师，你知道的，我这次跟你来敦煌，除了招生，就是为了吃美食看美景的啊，不过，主要还是为了招生。"李果呵呵笑了，觉得老张这个人还是真挺通情达理的，还没忘记他想去莫高窟看看这个小事情。今天一天折腾下来，他都忘记自己这个想去莫高窟看看的初心了。

"当然，不过现在我们还是先解决吃饭问题再说。"

"好，我这就来找找看，我们今天一定要好好吃一顿。"

李果立即打开手机在地图上搜索了一下，发现出了宾馆大门，附近就有一条美食街。老张说那就美食街了。他们也懒得再把身上的德华的圆领衫换掉，直接乘电梯下了楼。大堂里外都静悄悄的，除了各个大学的红彤彤的易拉宝依然如故，早上出来时那种人来人往的热闹景象就好像没有过一样。虽然已经是黄昏时分，可外面的阳光依然很明亮，很像是早晨七八点钟的太阳，这让人有种奇怪的感觉。因为如果在上海，这个时候太阳应该已经开始西沉，天光已经开始泛出铁锈色了。

也许正是因为这样，这个时候还没到本地人吃晚饭的时间，他们走到美食街时，虽然看见两边的小店鳞次栉比，显得热闹非凡，可都还比较冷清，除了有店员站在门口抽烟或者聊天外，店里面都没什么客人。只有路边的几个烤羊肉串的摊子飘出一种似乎只有黄昏时分才有的那种特别的香味来。不过，真有很多家小吃店都在门口挂着胡羊焖饼的招牌。为了节约时间，他们就随便走进一家小店，老张点了几个菜，还主动要了瓶冰镇的啤酒，准备好好解个乏。

李果开始以为胡羊焖饼这个菜里的焖饼是硬皮的烧饼，可实际上盘子端上来，才发现所谓的焖饼焖的其实是两三寸宽的面片。除了焖饼外，还有一块块颇具立体感的羊肉，颜色鲜明的青、红辣椒块和白色的洋葱，让人赏心悦目。而且，这道菜不仅看起来让人胃口大开，而且吃起来羊肉入口即化，辣椒去腻，洋葱去腥，焖饼鲜香筋道，的确是敦煌第一美食。唯一的问题就是菜的分量太大，不夸张地说，那个盘子几乎和洗脸盆一样大，他们吃了一半就感觉战斗力不行了。可想到接下来可能还有更艰苦的战斗，李果还是坚持举起筷子和老张互相督促着吃完了这盘胡羊焖饼。为了让李果品尝更多的敦煌美食，老张还要了一份也是敦煌很有名的驴肉黄面。虽然大家都讲"天上龙肉，地下驴肉"，说驴肉是美味，可李果不知道是吃胡羊焖饼已经吃撑了，还是不大很喜欢吃驴肉，尝了几口后并不觉得有什么特别的，感觉除了肉好嚼点，和牛肉拉面也差不多。

"吃不动了，只好暴殄天物了。"

"没事，我也吃不了了。"老张也放下筷子，端起啤酒杯喝了一口，"还好，刚才只要了一份。不然，真浪费得厉害了。"

"主要是菜的分量太多了，要是在上海，可能再来一份也吃不饱。"

"那是，还好北飞的人下午在阳关中学宣讲时没有用这个攻击我们，说上海人小气，菜的分量很小，不如北京的菜给的分量大，学生花同样的钱还吃不饱肚子。"李果说到这里自己忍不住笑了，差点把嘴里的啤酒喷出来。

"上海和北京的文化不一样。上海比较小资，更精致一点，吃饭配菜讲究荤素搭配，不靠量取胜，靠的是花色品种多取胜。北京太粗糙了，什么都以大为美，有时难免大而无当，随便要一个菜都恨不得把你给撑死。"

老张放下筷子，发挥了起来。李果忽然想起了徐总，好像老张一直没有提起过他女儿的事情。

"对了,张老师,我记得中午曹总请我们吃烤全羊时,讲他的朋友徐总的女儿今年也高考,而且他女儿也是阳关中学的学生,说是平时成绩也都很优秀的,不知道他们后来联系你没有?"

"是啊,你不说,我都差点忘了,当时我还加了徐总的微信的。"老张从桌子上拿起手机看了看,"曹总没有和我联系,徐总也没有信息,也许他孩子考得不是很理想,不好意思联系我们了?今天实在太忙乱了,好像我们在目标考生的名单里也没有看见她女儿的名字。这样,既然想到了,那我还是来问问曹总吧,徐总毕竟是曹总的朋友,我们不关心一下,也对不起中午他请的那只烤全羊。"

"哈,我也是这个意思。而且,中午徐总还陪我们喝了不少五十多度的飞天酒,我们几个人里,就他喝得最多。"李果举起酒杯和老张碰了一下。

老张点头称是,马上给曹总拨了个电话,接通后,他简单寒暄了一下就问起徐总女儿的情况。可显然似乎曹总也不是很清楚,老张"哦哦"了两声后说了声"不客气"就挂断了电话。

"奇了怪了,曹总说徐总没有和他联系过。看来他女儿确实没考好。曹总不是说徐总女儿很优秀,平时在班里成绩都是前几名吗?可高考很难讲的,平时成绩好的学生,往往心理压力比较大,高考时很容易发挥失常的。"

"这倒是。我当年在高中时其实学习成绩是中等的,所以,高考没有什么负担，轻装上阵，反而发挥得比较好。"李果觉得老张说得很有道理，"那怎么办？既然这样，那就算了吧。"

"嗯，可能只能这样了。"老张把手机反扣在桌面，端起酒杯喝了一口酒。

"等等，我突然想起来，徐总不是说要把女儿的名字和考号发给你吗？你看看有没有收到，如果有，我们就查查看她是不是在我们拿到的大名单里，如果不在，说明没考好，我们也没必要再去联系徐总了。"

"有道理，你这个提醒很好，最好我们先确认一下她女儿的情况，免得她没考好，我们又联系了徐总，最后他尴尬，我们也尴尬。"老张立即放下酒杯，又拿起了手机查找起了信息。

"找到了，徐总是把她女儿的名字和考号都发给我了。今天忙起来没注意看，好了，我来看看招生组发给我的名单。"

"那就好。"李果给自己又倒了杯啤酒。

"你猜为什么徐总不联系我们？"

老张的双眼突然像机器人通了电的眼睛一样发出两点红光来，让李果感到有点瘆人，他想老张大概是酒有点上眼。

"是不是他女儿考砸了，名单上找不到啊？"

"不，徐总的女儿考得非常好，她考进了全省前三十名。我说怎么没有在名单里看到她女儿的名字，因为我们只看百名左右的目标分数段的考生，可他女儿考得太好，排名太靠前，我们根本就没看，难怪没看到。"老张头也不抬，自言自语地盯着手机屏幕说，"我说呢，也难怪徐总今天没有再联系我们。"

"懂了，这样的话，我们应该没什么戏了，这个分数可以上清华了，那还联系徐总吗？"李果看了看老张，感觉他的眼睛比刚才更红了。他顿时明白过来，老张的眼睛发红不是因为酒的关系，而是因为激动。

"我们还联系吗？当然要联系，必须联系！他不是讲她女儿喜欢建筑，喜欢德华吗？"老张有点亢奋，"他不是喜欢曹总的设计吗？！曹总就是我们德华的硬广啊！"

"没错，我记得他还说自己不喜欢清华建筑系的那种不中不西、不伦不类的风格的，只喜欢我们德华的洋气的风格。"李果也兴奋起来，立即招手叫服务员又打开了一瓶啤酒，"这就叫踏破铁鞋无觅处，得来全不费工夫。"

"这样，我们双管齐下，你先给徐总打个电话，探个口风，然后我来给曹总打个电话，叫他给我们敲敲边鼓。我已经把徐总的电话发给你了，你看看。"

显然，这个突如其来的惊喜让老张也感到意外，他拿起那瓶服务员刚送上来的啤酒，咕嘟咕嘟地往自己的杯子里倒了一阵，啤酒的泡沫一下冒了出来。李果赶紧从手边的木盒子里抓起几张餐巾纸去擦流到桌子上的啤酒，老张挥了挥手，探嘴就着杯子喝了一大口，啤酒涌起的白色的泡沫立即消失了。

李果左右看了看，除了站在门口招揽生意的一个女服务员和一个在店里的敞开的厨房备餐的男厨师外，店里只有他们两个人，比较安静，不需要再换地方，他就直接拿起手机找到老张发给他的徐总的号码，拨响了电话。可是他一连拨了好几次，手机里传来的不是嘟嘟嘟的忙音，就是"你所拨的电话正在通话中，请不要挂掉电话"的应答声。

"打不通，一直占线。"李果边重复拨打徐总的电话边对老张说。

"再拨，要不停地打，徐总的电话这个时候肯定被打爆了。我们一定要联系到他，我这里也同时拨他的号码。"老张拿起手机也开始拨起徐总的电话来。

过了一会，李果的手机突然接通了。他对老张点了点头，老张赶紧把自己的手机掐断了。

"您好啊，徐总，祝贺啊，您的女儿确实很优秀啊，考得这么好！"

李果赶紧先恭维了徐总一句，可是徐总却以为他是震旦的老师，说刚才震旦的老师已经联系过了，他们会考虑的。他顿时有点紧张，拿着手机从桌子边站了起来。

"哦，不，不是的，徐总，您误会了，我不是震旦的老师，我是德华的小李啊，中午我们一起吃过饭的。对，吃过烤全羊的，我们还一起喝了好几杯飞天酒。对对对，我们是曹总母校的招生老师。"

不知道是烤全羊和飞天酒的作用，还是曹总的作用，徐总似乎终于想起来他是谁，一连"哦"了好几声，对他说了声"抱歉"。李果立即问他女儿是不是打算报考德华了，以小朋友的成绩，可以选择德华任何一个专业，特别是德华的王牌专业建筑学，更是没有问题。徐总好像酒劲突然上来了一样，说话开始含糊起来，说他和女儿会商量的，德华是个好学校，他们当然会慎重考虑的，然后他突然说了声"谢谢"，准备挂掉电话。李果有点猝不及防，忙说张老师也要说几句，把手机递给了不知什么时候也站起来的老张。这时，李果才忽然发现，老张实际上早已迫不及待地把头凑了过来，凑得离他这么近，要是从外面看，可能还以为他们两个人在接吻。

"徐总好，祝贺祝贺，千金真是了不起，真是继承了你的优秀基因啊。中午我们见面时我就觉得我们侄女上德华没问题，所以特地让你留下电话。哪里，我这不是客气，爸爸优秀，女儿肯定也优秀啊！不用谢的，这是实话，我这是提前向你表示我们德华的诚意，我们也很高兴，侄女能够实现自己的梦想，到德华来读书，对她本人，对你老兄，还有曹总，都是可喜可贺的一件事。当然，当然，这种事情是要尊重孩子的意愿。清华来联系了？建筑系没问题？理解的，理解的。谢谢，非常感谢，我知道老兄不喜欢清华的，确实是实话。好的，好的，只要她现在还把德华作为自己的志愿就好。你有什么问题，随时联系我们，千万别客气，既然曹总是你的好朋友，那我们也是自家人了，有什么想法就直接说，没问题的。像她这个成绩，来德华肯定是可以获得优秀新生奖学金的，这个我们是可以打包票的。是，我知道，钱不是问题，老兄哪里是缺钱的人啊，对，关键是孩子的愿望。谢谢，谢谢！"

李果不知道徐总在电话里对老张说了什么，只看到老张对着电话笑眯眯地说个不停，直到看到他挂掉电话，笑容突然从脸上消失，才感觉事情有点不妙。

"我们有新生奖学金吗？"

"没有，我只是为了向徐总表达诚意，随口说的。"

"那要是到时候给不出怎么办？"李果被老张的回答惊呆了。

"别担心，车到山前自有路，总有办法的。不过，你不知道，现在就是我们给钱徐总也不会要，所以我才这么讲的。徐总刚才在对我捣糨糊，估计他女儿有点悬了，清华已经出手了，我们阻力有点大。徐总虽然说是尊重女儿的意愿，但我觉得他口气里已经被清华吸引了。"

"那怎么办？对内地的学生来说，清华很难抗拒啊。"李果叹了口气，感觉清华这个敌人确实有点过于强大了。如果敌人是同城的震旦和工大，还可以放手一搏。

"清华也好，北大也好，现在对哪里的学生吸引力都一样，就是在我们上海，小朋友们也很难抗拒的。"老张很清醒，并未因喝了点酒就头脑发昏，"我马上给曹总打电话，叫他帮忙去做个工作，只要有一线希望就不能放弃。"

老张边说边给曹总拨通了电话，把情况告诉了他。看老张打电话的表情，李果感觉曹总也意识到了难度，似乎在电话那头犹豫了一下后才答应去联系徐总的。

"等曹总的回音吧。"老张把电话放下来，脸色有点凝重，刚才还冒着红光的眼睛也不红了，"我们再吃点东西就回宾馆。看来，我们一点也不能轻敌，明天我们得全力以赴才行。"

"必须的。以前我没参加过招生，以为招生就是边游山玩水边对学生宣传一下，然后学生就到我们碗里来了，没想到竞争这么激烈，不投入还真不行。"

"是这么回事。很多事情都这样，你不投入别人投入，只好逼得你不得不跟着也投入了起来。"老张感慨地端起酒杯，似乎突然从中悟到了某种人生的哲理，叹了口气，"唉，怎么讲呢，这个高分考生就像美女一样，总是稀缺资源，可每个男人都想抱得美人归，所以，也难免会为了这个美女争来争去的，而且，事情发展到最后，常常会失控，变成彼此之间的意气之争，大家非打得个头破血流才能罢休。"

"那你觉得曹总有戏吗？"李果让老张沉思了一会，端起酒杯和他的酒杯"叮"的一声碰了一下。

"当然没戏。不过，死马当成活马医，没戏我们也要试试。"老张把杯里的啤酒一口喝掉，从对人生没有意义的沉思中走了出来，"我这个人，有个人性的弱点，那就是不见棺材不落泪。"

老张砰的一声把酒杯放在桌子上，站起身叫李果买单。李果忙看了一下酒杯，还好，酒杯的玻璃比较厚，没碎。他也跟着站起来，朝里面的一个女服务员挥挥手，叫了声买单。可他还没有付好钱，就看到刚才走到门口的老张又拿着手机边说话边折了回来。他猜外面可能有点吵，买了单后就站在旁边等老张接完这个电话。过了一会，他听到老张说了几声"谢谢"后把手机从耳朵边放了下来。

"曹总的来电，他说好不容易才打通了徐总的电话。"

"肯定的。怎么样，有希望吧？"

"曹总说北大的招生老师也来联系徐总了，而且人就在敦煌，马上就要和他们见面。清华的招生老师刚从兰州飞到敦煌，现在已经下飞机了，也在约徐总和他女儿碰头。徐总现在非常纠结，到底是叫女儿读清华还是北大，他也拿不定主意了，关键是女儿似乎现在也对学建筑有点动摇了，他又不好强迫女儿一定学建筑。所以，他也只能向我们表示衷心的歉意了。"

"什么意思？"李果被老张转述的曹总转述的徐总的话绕晕了，有点反应不过来。

"就是说，徐总女儿和我们德华没关系了。震旦也好，我们也好，都出局了，接下来要看北大和清华的二人转了。"老张对李果苦笑了一下，"走吧，我们早点回宾馆休息，明天我们可是要唱主角的。"

不知不觉间，夜幕已经降临，美食街上的人不知道何时开始多了起来。在五颜六色的闪亮的霓虹灯招牌下，服务员们三步一哨，五步一岗，大声吆喝着，招徕着左顾右盼的想大快朵颐的人。从小店里传来的各种各样的响亮的音乐声,既有内地的新近流行的歌曲,也有来自新疆的木卡姆,铿锵有力的手鼓声和节奏鲜明的冬不拉琴声,甚至中间还夹杂着欧美的英文歌曲,就这么似乎杂乱无章地交织在了一起。可李果却感觉,这些乐声不仅不让人感到嘈杂,反而像交响乐一样热闹和谐地在耳边一浪一浪地响起。而从他身边擦肩而过的人中,既有他和老张这样来自内地的讲着一口普通话的人,也有讲着本地话的脸被太阳晒成了深褐色的人,还有来自新疆的高鼻深目的少数民族同胞,以及一些边走边说着外语的来旅游的外国人。大家摩肩接踵,像一条条喧闹的小溪一样都汇聚在这条有如奔腾不息的河流似的美食街上。李果不禁又想起了井上靖的小说《敦煌》中描述的主人公赵行德来到敦煌的情节,而当年他所看到的情景,大概和自己眼前的这种情景差不多吧。他抬头看了看,夜空竟闪耀出一种大海一样的透明的蓝光,而一颗一颗的星星竟然也比灯光还要明亮。这真是个迷人的地方,他举起手机对着夜空的星星拍了一张照片。难怪千百年来,人们带着各种各样的念想穿越戈壁沙漠来到这里相互交流、碰撞,形成了敦煌这座绿洲城市独特的情调,而如今自己也终于领略到了这种气息,也算是不虚此行吧。

  在微凉的空气中,在耀眼的灯光下,随着摆在店门口的烧烤摊上的像原子弹的蘑菇云一样腾空而起的白色的烟雾,小吃的香味似乎因此变得更加浓烈,也让人觉得更加诱人了。李果看到在人流里,还有不少像他们一样穿着圆领衫的招生老师,他还突然看到了金大的那个娃娃脸女老师和同伴站在一个摊子旁吃一串巨大的红柳羊肉串，他本想过去打个招呼，可是他发现老张有点意兴阑珊，只顾挤着人群往前面走，就没有吭声。

他们从美食街的人群里穿过后，一路默默无言地回到了宾馆。也许是因为招生老师们辛苦了一天，都像他们一样去美食街闲逛了，大堂里很安静，李果和老张也相顾无言。他们默默无语地进了电梯，老张到了自己楼层后，李果继续乘电梯上行，他有点累，就闭上了眼睛。可等电梯门打开，李果睁开眼睛时，忽然发现北飞的三个人站在外面。下午见过的那个北飞林志玲看到他后还笑着主动对他说了声"你好"，顿时让他有点措手不及。另外两个北飞的男老师，特别是那个酒糟鼻也很客气地对他微笑了一下。他只好也假装热情对他们点了点头，然后赶紧向自己的房间走去。

嘀的一声刷开门锁，砰的一声关好门后，李果忽然觉得自己哪里有点不对，怎么遇到北飞的人时好像老鼠见到猫一样，似乎自己做了什么对不起他们的亏心事一样，一见到他们就想躲开。他想明天要是再碰到他们，无论如何不能这样了。

第十章

第二天一大早,李果在昏睡中被老张的电话吵醒。他从床头柜上把手机拿起来,睁开眼睛看了看时间,才刚七点半,太早了。他打开扬声模式,哼了一声,就重又闭上了眼睛。老张问他起来没有,叫他等会马上下楼去吃早餐,今天九点半约好学生和有空的家长来面谈,他们得稍微准备准备。他本来还迷迷糊糊的,想叫老张不要等他,自己先去吃早餐,他再睡一小会的。听老张这么一讲,他一下醒了过来,赶紧说他立即就好,等会就到餐厅碰头。他从床上一跃而起,几分钟就洗好脸,漱好了口。昨天晚上洗好的德华圆领衫在洗手间里开着抽风机挂了一夜也没干透,而且皱巴巴的,还有很浓的香皂味道,他只好从自己的行李箱里拿出一件黑色的圆领衫穿到了身上。然后他拔出门廊里的房卡,匆匆拉开门准备去楼下的餐厅。

可他刚拉开门,就看见北飞的三个人也从对面房间里出来。他们的打扮很酷,酒糟鼻和他的男同事不仅都穿着北飞的蓝色圆领衫,背着包,还戴着有北飞校徽的黑色的棒球帽。那个黑黑的北飞林志玲更是鲜艳夺目,鹤立鸡群。她竟然穿了一身红,上身是件红色的印有北飞校徽的紧身圆领衫,下面是条红色的长纱裙，两条闪着白光的大长腿在透明的纱裙下忽隐忽现。她不仅戴了顶北飞的黑色棒球帽，还戴了个大墨镜，感觉就像是要和两个糙汉助理出去街拍一样。而且，两个糙汉都背着很大的双肩包，尤其是那个酒糟鼻的包像个登山包，里面十有八九放着各种摄影装备，要不就是北飞志玲姐姐的各种街拍行头。

"早上好，你们这是要出去玩啊？"

李果这次反应很快，他主动出击，抢先问候了一下他们。不过，他们可能没想到李果会问候他们，三个人都明显愣了一下。

"哦，昨天忙了一天，今天出去走走，放松放松。你们不出去吗？"

大概是因为北飞林志玲昨天和他在阳关中学打过交道，有过一面之缘，所以还是她出面不失礼貌地回了一句。

"不出去，今天就在宾馆里休息一下。昨天在阳关中学忙了一下午，实在太累了。"李果也感慨了一句，"那么，再见，祝你们玩得开心。"

因为急着要去餐厅里和老张碰头，李果转身就往电梯走过去。进了电梯他才想起来，这里就这一台电梯，那几个北飞的人应该也要乘这台电梯下去。他就扶住电梯门等了一下，可等了一会也没见到他们过来，他猜他们可能不想和他一起坐电梯下去，就一个人关上电梯门下去了。

像昨天早上一样，李果在宾馆里穿过一段弯弯曲曲的亮着昏黄的灯光的走廊后，又走进了因为有一面透明的玻璃墙而令人豁然开朗的莫高窟餐厅。在餐厅门口，他把房卡递给服务员登记，借着这个工夫，他扫了一眼正在餐厅里吃早餐的人。他感觉今天穿有大学logo衣服的人好像没有昨天早餐时那么多了，餐厅里很多张桌子都是空的，还有一些是其他的客人。看来昨天一天大家都太拼了，很有可能在现在这个时间很多人都还在床上做梦。而且，大家好像也都不像昨天那样各个学校的人各自抱团坐在一起了，他看到就在附近，之大的和震旦的坐在一起，政大的和科大的坐在一起。他想他们这么坐是不是因为敌人的敌人就是自己的朋友呢？谁都知道，之大和上海工大都是工科大学，之大主要的竞争对手是上海工大而不是震旦，可同时震旦和上海工大因为同在上海，又产生了瑜亮之争，所以工大和震旦才会坐到一张桌子上。而政大和科大一个是文科一个是理科，风马牛不相及，所以才可以相看两不厌，相坐两不烦吧。

　　李果还在胡思乱想，服务员已经登记好他的房号，把房卡递还给了他。他说了声"谢谢"，就在已经熟悉的《阳关三叠》的节奏舒缓却铿然的古琴声中走进餐厅。他拿起餐盘后扫了一眼，没看到老张。倒是看到昨天见到的上海工大麻脸哥和金大的那个留着短发的娃娃脸女老师两个人，他们坐在那个三角形的玻璃墙下的桌子旁，正在边吃边聊天。他先不管这些，拿着餐盘装了些自己要吃的东西，然后直接走到上海工大麻脸哥那张桌子旁，想对金大的娃娃脸女老师打个招呼，表示一下校友之情。不知道是不是因为昨天在阳关中学德华的宣讲主场抢了个学生有点内疚，上海工大麻脸哥看到他后马上很热情地拉开旁边的一把椅子，主动邀请他坐下来。

李果对他说了声"谢谢"，把餐盘放在桌子上，特地坐在了金大娃娃脸女老师的对面。麻脸哥立即向娃娃脸女老师介绍，先说他是上海德华的老师，接着又厚着脸皮说他是自己的朋友。娃娃脸女老师忙把搅动咖啡的小勺放在咖啡杯的托盘上，对李果客气地问了声好。李果也彬彬有礼地对她问了声好，然后对她说自己也是金大的，前几年才从文学院毕业。娃娃脸女老师说自己是学社会学的，问了他的届别后，又问他认不认识自己在文学院的一个朋友。李果碰巧刚好认识那个人，顿时感觉和这金大娃娃脸女老师实质性地亲近了不少。李果问她金大选定了合适的考生没有。可能因为大家不是竞争对手，她笑了笑，很坦率地说昨天联系了几个，不过暂时都只是意向而已，因为现在学生也好，家长也好，很容易受到各方面因素的影响，不到填志愿的最后一刻，都确定不下来的。李果"嗯"了一声，表示理解，他转头又问上海工大麻脸哥，昨天的那个阳关中学的男生是不是已经搞定了。麻脸哥的麻子红了一下，像是偷东西被一把抓住的小偷一样，有点害羞地说应该没问题了，那个男生基本上已经被他锁定了。

"那你就可以交差了。"李果笑着对他说。

"只能说初步完成任务吧。"麻脸哥难掩得意之情，他端起一杯牛奶喝了一大口，"如果这两天还有合适的学生来找我，我们工大吃不下来的话，我就推荐给德华。"

"不用了,你忘了,昨天下午我们领导早就说过了,大家的专业优势不一样,我们的强势专业和上海工大基本没有重叠的,我们要的学生和工大要的学生也不一样,所以,工大不要的学生,我们可能也不会要的。"李果拿起面包啃了一口,从容地端起自己的果汁喝了一口,不动声色地回击了自大的麻脸哥一句。

"这个,怎么说呢?"麻脸哥似乎也被李果的这番似是而非的话给噎住了,艰难地咽了一口牛奶,也没说出个所以然来。

"不过,你要是愿意把昨天从我们这里抢走的那个想学土木工程的学生还给我们,我们还是欢迎的,你也知道,我们德华的土木工程可是比工大强多了。"李果感觉意犹未尽,索性又给麻脸哥一记痛击。

"这个我知道的,我们工大也承认,德华的土木确实比我们强。可问题是,那个学生的分数和排名,明显比德华往年的录取分数段要高,所以,根据往年的经验,我猜,他就是不选择我们工大,可能也会选择和工大排名差不多的之大。当然,他选择德华的可能性不是没有,就是概率也许会有点低。"

麻脸哥终于找到李果的破绽,脸红得像鸡冠花一样,一气说出这番具有很强火力的话,杀了李果一个回马枪,让他也呛了一下,差点把喝到喉咙里的果汁咳出来。

"哈哈,我看你们就不用吵了,你们两家不用发愁招不到好学生的。你们在上海,有地域优势,现在的考生和家长首先考虑的就是让孩子去北京和上海读大学,然后再考虑去别的地方。而且你们是工科大学,社会需要,就业也好,对考生和家长吸引力很大的。"金大娃娃脸女老师看到他们在唇枪舌剑,忍不住劝解了他们几句,"像我们金大,除了文科好外,主要是数理化天生地这些理科强,可是就业相对来说却比不上你们那些工科,我们只能吸引那些真心想做科学的小朋友到金大来。所以,要说争取考生的难度什么的,可真比你们大多了。"

"是啊,金大理科几乎是全国最好的,和北大比也不差的,我要是碰到对科学感兴趣想学理科的小朋友,一定推荐给母校。"李果对她认真地点了点头。

"那我要谢谢你这个校友。"她笑着端起了咖啡杯,和李果手里的果汁杯碰了一下。

"如果你遇到那些真心想学理科的小朋友,也可以给我们推荐一下啊。"她可能看到麻脸哥被冷落了,也举起咖啡杯和他碰了一下,"我们金大更是和你们的专业没有重叠的,像天文啊大气啊地质什么的,你们工大,还有震旦,对了还有德华都没有的,要是有小朋友喜欢,你完全可以推荐给我们啊。当然,我们要是碰到想学工科的小朋友,也可以优先推荐给你啊。之大的人刚才还和我联系,希望我推荐学生给他们呢。这样好了,我等下加你的微信,要是有相关的信息,我们也可以随时联络,共享。现在我们已经进入共享经济的时代了,没必要像过去那样自我封闭,要多交流,这样对大家都会好。"

"那是,那是,说得对。其实,我也很喜欢共享经济这个概念的。我在上海就很喜欢骑'膜拜'之类的共享单车,不怕你笑话,昨天我就是骑'膜拜'去的阳关中学。所以,只要你不介意,我一定效劳,义不容辞。说真的,我还真是碰到不少喜欢科学而且真心喜欢理科的小朋友。"

麻脸哥端起杯子在手里晃动着,像是癞蛤蟆面对心爱的女神一样有点手足无措,边故意地说着"膜拜",边谄媚地对娃娃脸女老师微笑着,整个脸都像pH试纸遇到了硫酸一样瞬间变成了粉红色。

李果对麻脸哥的媚态虽然一阵反胃,可想到这小子献媚的娃娃脸女老师毕竟是母校的校友,不看僧面看佛面,他也不好再冷嘲热讽。但他转念又对母校的这个娃娃脸女老师竟然这么没品位,竟然会对麻脸哥这样的男人目送秋波感到极度不适,为了强压住自己的恶心,他只好默默地又喝了口凉凉的果汁。

冷静下来后,他不禁若有所思。刚才坐到桌边时,他还觉得母校的这个娃娃脸女老师看起来比较单纯,现在见到她巧舌如簧,在自己和工大麻脸哥之间如此自如地游说了一番,很有点合纵连横的味道,让人不由得心服口服。他暗自感慨,真是人不可貌相,母校的这个娃娃脸女老师其实并不像她的脸那么天真,倒是自己是真的比较幼稚。看来,每个大学来招生的人,都不是简单的人,他们和母校的娃娃脸、工大的麻脸哥,还有老张一样,都是久经战阵的老江湖,难怪老张一直对他说不能轻敌。

这时,他放在桌子上的手机突然响了起来,是老张的电话,他抬头往周围看了看，发现了穿着灰色衬衫的老张。他坐在里面的一张桌子旁，正把手机放在耳朵上鬼鬼祟祟地左右乱瞄。李果挂掉了电话，伸手向老张挥了挥。老张看到他在摆手，把手机放了下来。

"我同事来了，我得过去了。"

他端起餐盘站起来，对金大娃娃脸女老师说了声"抱歉"，又对工大麻脸哥点了点头，赶紧从旁边的桌子间穿过，离开了这个是非之地，向老张走了过去。

老张经过一宿休整，像系统重装了一样，重新变得精神抖擞了起来。尤其是他不知道用了什么高级的发胶，把头上唯一剩下的那缕头发在额头绕了一圈后像个逗号一样稳稳地盘在了光头的头顶，如果不是站起来，居高临下，还真看不到老张的秃头，最多只是感觉他的发际线有点靠后。而他露出的宽阔光洁的大脑门又给人强烈暗示，他一定是个聪明绝顶的家伙。所以，就是李果坐下来后，也不禁对老张刮目相看，他感觉老张就像个冻龄少年一样颜值感人。不过，现在，他也总算明白为什么网上有那么多的生发和植发的广告了，因为，老张这样的聪明人实在太多了。

"等会我们和那几个学生和家长见面很重要，我们得好好准备准备。"

他一坐下来，老张就格外严肃地对他说。

"准备什么呢？"

李果把刚才没啃完的面包拿起来又啃了一口，可才嚼了一下，就突然想起来麻脸哥刚才口沫横飞，唾沫星子说不定喷到了上面，立即把面包又从嘴里吐了出来。

"我们两个的房间都太小，他们来了肯定坐不下，我等下就去酒店借个小会议室，让他们把窗户打开透透气，再把空调提前打开，这样学生和家长来了，会感觉凉快一些。敦煌这个地方，是沙漠性气候，早晚凉，白天还是很热的。"

"那还有要准备的吗？"李果把手里的面包也扔到餐盘里。他觉得老张有点小题大做了。

"你去解决饮料问题，看看哪里有卖的，多买点，干脆买一箱，免得到时候来人多了，有人没东西喝难看。"老张看了看手机，拿起筷子，"时间还是有点紧张的，要抓紧，我们吃完后就立即分头行动。"

"好的，好像宾馆旁边就有家超市，我去买一箱杏皮水，你喝过吧？这是敦煌的特产，我看到处都有广告，是用我们昨天吃过的那种很甜的李广杏做的，味道应该不错。"

"朋友，你刚才讲什么？"老张把筷子放了下来，突然瞪大了眼睛看着他，就像看见了一个外星人，"杏皮水？我的亲弟弟，好歹也要买箱矿泉水啊，杏皮水敦煌人民早喝吐了好吧，你再买一箱过来有什么意思呢？我们又不是敦煌大学的是吧？"

"那你说买什么呢？"李果被老张这一通发挥，弄得糊里糊涂的，"那来点有营养的？要不买箱酸奶？好像我看到这里有卖羊奶做的酸奶，这里的羊多，酸奶估计也可以的。"

"酸奶,酸奶,酸奶你个头啊!"老张看到他真的有点摸不着头脑,突然笑了起来。

"好了,好了,不和你啰唆了。你马上用手机查查看,不是有什么'小众叫好'之类的美食点评网吗?查查敦煌有没有星爸爸或者星妈妈咖啡之类的,让他们送个十几杯咖啡来。没星爸爸,也没星妈妈,有李广小弟咖啡和飞天小姐咖啡也行。好歹我们是上海来的啊,总要有点上海味道吧,更何况我们德华是德国人创办的,没点洋味道怎么行?你讲对吧?总归是要请他们喝杯咖啡,意思意思。对了,再每人订一份'气势'蛋糕(起司蛋糕的谐音),这样也好显现一下我们德华的气势。我敢说,工大也好,震旦也好,他们虽然在上海,可其实都很土气的。你看工大那个像乡下人的大麻脸,还有震旦那个抹着红嘴唇的大妈,就知道他们肯定不会像我们搞得这么洋气。今天十有八九,他们也会在宾馆里搞见面会,我们一定要在气势上压倒他们。"

"懂了,那我等会就来处理。"李果终于明白了老张的意思,觉得老张到底是个上海老克拉,做事不仅很有品位,各方面还都想得很周到、细致,他赶紧用洋泾浜上海话恭维了老张一句,"真的,我觉得,张老师这个点子蛮灵的,老海派的,老洋气的。"

"别乱拍我马屁,大功尚未告成,不能提前搞精神贿赂。别忘记我们出师前书记老大怎么说的,不管白猫黑猫,捉到老鼠就是好猫。我们不管用咖啡还是蛋糕,抓住考生和家长的胃才是真本事。记得矿泉水也来一箱,有外国的就买外国的矿泉水,没有外国的买外地的也行,对了,千万不要买'娃乐乐'或者'村夫山泉'这样大路货的矿泉水,太幼稚太土。这样万一有的人不喝咖啡也可以喝矿泉水。"

面对李果的精神贿赂,老张虽然有点矜持,可显然还是对李果的这个马屁比较满意,一高兴他东西也不吃了,直接端起杯子喝了一大口咖啡。

"这种热水冲的速溶咖啡真难喝,又甜又油,真是滴滴想吐。等会我们可不能要这种咖啡。对了,多订几杯,不要搞得每人一杯,可怜兮兮的,有人想多喝一杯也没有,也难看。"

"明白,我们要搞就搞大气一点。这种宾馆的速溶咖啡,我也不喜欢喝,我会要现磨咖啡的。不过,话说回来,我倒真还不是拍马屁,我就是觉得这次来敦煌没白来,跟着张老师做事情很爽快,很扎劲。我也学到了很多。"

"没什么,我不喜欢刻意做什么事,这只是我多年养成的工作习惯罢了。"

可能是看到李果这番话发自真心,真情流露,老张这次对他的表白没有推辞,而是淡定又谦虚地接受了。"要知道,今天还能来宾馆见我们的都是对德华有真爱的考生和家长。再说了,天这么热,请他们喝杯咖啡,吃块蛋糕也是必需的,也体现了我们德华的以学生为本的教育理念。"

"那是,我们必须要高度重视。我刚才和那个上海工大的麻脸哥交流，他说他已经锁定昨天那个阳关中学的男生了。"

"哼。"老张不以为然同时又很轻蔑地哼了一声，"十三点。Too simple, too naive. 谁笑到最后还不知道呢。"

李果刚对老张的这句话猛点了一下头，表示非常赞同，餐厅里的人突然多了起来，他越过人头，看到麻脸哥还坐在那张桌子旁和母校的娃娃脸女老师交头接耳，不时还面露笑容，不禁心里一紧，有一种鲜花插在牛粪上的痛感。而一直若有若无飘荡在餐厅里的《阳关三叠》的乐声，此时突然间也变得高亢起来，从那面三角形的巨大的玻璃落地窗射进来的阳光，也突然变得更明亮，也更耀眼了。

第十一章

从莫高窟餐厅出来,老张立即去宾馆前台找服务员订会议室。李果则去宾馆旁的那家大超市里去买矿泉水。当他扛着一箱商标上印着一堆外文字母的矿泉水回来的时候,老张已经把订好的宾馆会议室的房间号码发到了他手机上。他乘着电梯直接到了几乎是酒店最高楼层的一个小会议室。但奇怪的是老张人却不在里面。会议室里还有点闷,窗户已经都打开在透气,中央空调也已经开始工作,发出了呼呼呼的送风声。有个穿黑西装白衬衫的女服务员正在往每个座椅前面摆上印有"飞天宾馆"字样的白色陶瓷茶杯。他把那箱矿泉水放在椭圆形的会议桌上,让服务员等会在每个位置前摆一瓶。服务员说声"好的"。

可能是平时忙于备课和写核心期刊的论文,疏于锻炼,李果扛着矿泉水走这么一点路,居然觉得自己有点喘。他深深呼吸了一下,拿出一瓶矿泉水,打开喝了一口。他走到窗前,看见窗外远处的蓝天下有一线连绵不断的黄色的山丘,显得分外抢眼,就顺口问服务员那些山是什么山,服务员看了看窗外,说是鸣沙山。

"鸣沙山,是那座有月牙泉的鸣沙山?"

"是啊,敦煌就这么一座鸣沙山,没有别的鸣沙山。"

他"哦"了一声,没想到鸣沙山竟然离这里这么近,感觉好像一伸手就可以摸到似的。但俗话说,看山跑死马,真要是过去,可能也不近。

"那这里能看到莫高窟吗?"

"不能,莫高窟不在这个方向,不过,离这里也不远的。"服务员边摆矿泉水边说,"敦煌没多大的。你们要是想去,宾馆可以帮你们订出租车,旅游公司也有一日游,想去的话到总台登记一下就可以了。"

"谢谢,暂时不用。需要的时候,我再到总台去登记。"

李果突然想到老张交代的任务只完成了一半,他不敢懈怠,忙掏出手机上网查了查敦煌的咖啡馆,最后找了家评分比较高的咖啡馆订了二十杯现磨的真咖啡,又在同样评分比较高的面包房订了二十块老张点名要的气势蛋糕。完成这些任务后,他立即给老张发了个微信,告诉他咖啡和蛋糕都解决了。老张很快打电话过来,说了声"辛苦了",让李果先回房间休息一下,等会记得提前把剩下的德华的宣传资料都拿到会议室,他自己过会就上来。

李果回到房间,先把那些德华的宣传资料从背包里拿出来整理了一下,又把德华的那面红色的校旗拿出来抖了抖,觉得很有必要等会带到会议室里挂起来,这样多少可以搞搞气氛。他把这些东西整理好后,又上了个厕所,接着把自己乱糟糟的头发重新洗了洗，用一个启动后震耳欲聋几乎火星直冒的吹风机尽量吹了个发型，以便和早餐时看到的让他惊艳的老张的新发型匹配。要不然，他和老张站在一起，还真说不清楚谁更嫩一点。更重要的是，他不能塌老张的台，毕竟他们都是代表德华的，作为招生老师，个人的形象也很重要。所以，他出门前还特地换上了快干透的那件德华的圆领衫。

他刚忙完这些，手机就响了起来，原来送咖啡和送蛋糕的人都来了。他赶紧分别接通电话，让他们直接把东西送到会议室。然后，他抓起放在电视柜上的资料和校旗赶紧离开房间，乘着电梯往楼上的会议室赶去。还好会议室就在楼上，李果从电梯里出来时，两个戴着摩托车头盔的送外卖的人也刚上来，他和他们交接了一下，让他们把东西送到会议室再走。

老张不知何时已经到会议室里了，正侧着身子和那个女服务员边说话边一扇一扇地关上刚才打开透气的窗户。看到李果和那两个外卖员提着咖啡和蛋糕进来，老张就挥挥手让他们把东西摆在桌子上，转身继续去把最后一扇窗户关上。窗外的阳光有点刺眼，他试着拉动窗帘，看了一下，觉得有点暗，又把窗帘哗的一声拉了回去，房间里重又充满了阳光。

可李果自从进门第一眼看到老张起，就惊讶得瞠目结舌，老张现在的形象简直和刚才餐厅里的判若两人。有那么一刻，李果还以为自己突然穿越回了上海，穿越到了德华的校园。老张一身剪裁得体的深灰色的格子西服，雪白的衬衫领子高高竖起，领口的扣子没有扣，自然地敞开着，像很多演艺界的男明星一样，有意无意地露出一个V字形的沟，显得非常年轻、性感。而且，他还给人一种珠光宝气的感觉，不仅戴了一块亮晶晶的手表，两个袖口竟然还戴着两颗明晃晃的几乎乒乓球那么大的钻石袖钉，也不知道真假，但他举手投足之间，在阳光中光芒四射，却是真的。更惊悚的是，老张可能还狂喷了某种浓烈的外国香水，随着空调启动，清风徐徐，有阵阵异香从他身上源源不断地飘逸出来，让人犹如置身于百花丛中，意乱神迷。

可能对这种香味有点猝不及防，李果差点打了个喷嚏，他赶紧转身捏住了自己的鼻子，假装咳嗽了一下。他感到老张对今天的亮相有点过于重视了，这哪里是来与考生和家长见面，分明就是演艺界的明星与自己的粉丝见面。不过，这也正说明了老张的职业精神。李果低头看了看自己身上的圆领衫，不禁自惭形秽，他觉得自己刚才也应该换上西装来的。现在他穿着这件德华的猪肝色圆领衫，简直就像根包装粗糙的火腿肠一样，真是丑死了。可他这次来，别说西装了，就是衬衫也没带几件，根本不可能像老张那样衣冠楚楚。但他转念又一想，自己这样正好也可以衬托出老张的高雅和不凡的气质，也算是歪打正着。反正老张才是德华的颜值担当和此次敦煌招生行动的总指挥，他只是为老张打杂的小跟班而已，本来就无足轻重。

李果马上意识到，实际上也是如此，他有些自作多情了。老张对他的穿着非但没有不以为然，甚至根本就没看到眼里去，他立即叫那个女服务员把咖啡和蛋糕拿出来分好,在每瓶矿泉水边再摆一份。李果担心那个女服务员一个人弄来不及,就也帮着把用纸杯装好的热咖啡一杯杯拿出来,整整齐齐地放在每个座位前的会议桌上。老张也没闲着,他打开会议室一侧的桌子上的电脑和投影仪,嗡嗡嗡地放下银幕,然后把优盘里的德华宣传视频复制了出来。在电脑上打开这个视频后,老张叫正在摆咖啡的李果看看画面,听听声音。李果退后看了一眼银幕上陆续展映的德华的校园景观,感觉很清晰,可配乐响起后,却吓了他一大跳,没想到竟然是贝多芬的《命运》。不过,整体效果还不错,他对老张竖起了大拇指。

"这音乐配得不错,贝多芬的《命运》好,又提醒了考生和家长报志愿很重要,要把握好自己的命运,而且,我们德华是德国人创办的,贝多芬正好是德国音乐家。"

"对,这是我重新配的,学校原来配的音乐很土,不知道谁弄的,竟然搞了克莱德曼的钢琴曲《秋日的私语》来做配乐,软绵绵的,一点深度也没有。再说克莱德曼早烂大街了,街头撸串的烧烤摊放的都是克莱德曼,德华还拿来用,显得很低级。"

"对的,昨天晚上我们在美食街逛的时候,我就听到有小吃店在放克莱德曼。还好张老师换了贝多芬,不然真有点俗气了。"

李果真心地对老张表示服气。他把最后一块气势蛋糕小心地摆在送的纸盘子里,左右看了看会场,看到每个座位前的桌子上一字排开的宾馆的白色陶瓷茶杯、咖啡、蛋糕、矿泉水,觉得既多样又统一,很有一种中央领导宴请社会各界代表时的那种气氛。李果又把德华的宣传资料往每个座位前放了一份。

"不错,有点见面会的味道了。"老张走过来打开了一瓶矿泉水喝了一口,"很多事情,形式很重要,没有形式,就没有内容,所以形式一定要大于内容,才能让内容发挥作用。"

李果感到老张似乎变得深沉起来,说出来的话有点不是那么好懂。他突然想起带来的德华的校旗,就在手里抖开问老张还需不需要挂起来。老张看着他在手里的校旗,皱眉说了句"太难看了",可犹豫了一下后,还是叫他挂在了一扇窗户上。

这时,会议室的角落里砰地响了一声,原来是放在小桌子上的电热水壶里的水烧开了。老张转身从电脑桌上拿起一个茶叶罐,叫服务员往每个陶瓷茶杯里放一点,然后倒一点开水。李果问为什么不把水倒满,把茶直接泡上,老张说这样让茶叶慢慢苏醒过来,过会正式冲泡的时候,茶叶就能够充分释放自己的力比多,让人立即兴奋起来。李果顿时感觉自己又涨了知识,可他忍不住想,如果法律允许的话,不知道老张会不会向每个茶杯里放一颗万艾可。

"这茶叶是你带的?"他看到服务员拿着的茶叶罐上印着"白茶"的字样。

"对,今年的新茶,是浙江的白茶。"

"浙江的茶？那怎么不带龙井？龙井知名度更高啊。"

"之大在杭州啊，他们很可能会带龙井来，我们要是请考生和家长喝龙井，那不是为之大做了个不花钱的软广，变成了冤大头了？之大的人吹起牛来比我们厉害多了，他们有农学院，说不定他们就敢直接讲龙井是他们搞出来的。一方水土养一方人，浙江人胆子大，之大的人也是鬼灵精。像我们德华也好，工大也好，怎么讲呢，我们上海的学校都还是比较讲规矩的，上海人就这个特点，有点谨小慎微的，不敢冒险，所以发不了财。可之大的人不是那么在乎规矩的，他们很灵活，有时会乱来的。马云要不是敢冒险，也当不了'阿里爸爸'的。"

"哦，马云厉害我是知道的，之大这么厉害，倒是不知道。"

李果觉得有点跟不上老张的思路。他没想到老张这么深刻，竟然通过一杯茶看到了那么多的东西。震惊的同时，他也再次为老张的精明与细致所折服，难怪老张以前出马招生总是能够大获成功，他确实有自己的独到之处。

看到服务员给每个茶杯里放了茶叶倒上一点开水后，老张忽然又想起了什么，忙走到电脑前埋头操作起来，很快，他调出了一支英文歌曲，播放了出来。刚好李果也听过这支歌，这是美国爵士女歌星诺拉·琼斯的《纽约城》，前些年很时髦过一阵子。不过，他觉得有点怪，既然他们要搞点上海味道，为何不放一支和上海有关的曲子呢。他就问老张，怎么不放放二十世纪三十年代上海著名影星周璇演唱的金曲《夜上海》？那首歌传唱一时，经久不衰，几乎就是上海的"城歌"，而且歌词开篇就是"夜上海，夜上海，你是个不夜城"，很容易达到让人"开口跪"的效果。老张不以为然地说了句，"《夜上海》那首歌有点轻浮，夜店风格太强，虽然可以吸引力比多爆棚的青年学生，可家长听了很容易产生不健康的联想。还是《纽约城》好，家长听不懂，比较高级，也比较洋气，可小朋友们听了会自然联想到上海就是中国的纽约。"

李果恍然大悟，觉得老张讲得很有道理，忍不住又称赞了一次老张的英明。这次老张没有拒绝他的马屁，而是欣然接受并向他微笑了一下。李果转身扫视了一下会议室，阳光透过已关上的窗户照了进来，让小会议室变得明亮而通透，不仅令人不觉其小，反觉得其既精致又大方；墙角的柜式空调在经历了开机时的可怕的震颤后开始发出轻微的送风声，刚才还有点闷热的室温已经降了下来，变得凉爽而宜人。诺拉·琼斯的《纽约城》的婉转的旋律像水一样流淌开来，空气中弥漫着醇厚的咖啡的香味和茶叶的淡淡的味道，而摆在桌子上的长方形的"气势"蛋糕上面的一层鲜红透亮的草莓酱，更是让人垂涎欲滴。李果和老张又不约而同地回头看去，在会议室一侧的墙上悬挂的白色银幕上，德华的校门巍然屹立在中央，背后是一片上海的蓝得不能再蓝的蓝天，当然是修过图的，所以比敦煌的蓝天还要蓝，还要令人迷醉。李果长舒了一口气，不管哪个家长或者考生，突然走进这间布置精巧的会议室里，估计都会像进了麻醉间一样，瞬间完全失去自我意识。就是他自己走进来，咖啡喝喝，再诺拉·琼斯听听，时不时闻闻老张身上的香水味，肯定会心醉神迷，到时候老张不管叫他报哪个大学他都会报，哪怕不是985、211的，他也会从了。

"好了，万事俱备，就等客人来了。时间也差不多了。"

老张背着手站在他身旁，像一个运筹帷幄的统帅一样抬起手腕看了看自己的手表，一副大战即将打响、已经进入倒计时的样子。

"是，再过几分钟，他们就该来了。"李果不禁有点紧张，他还是头一次见识这样的场面，"对了，这位服务员小姐，能不能麻烦你到电梯口，引导一下来的客人？有人上来就问是不是来找德华大学的，如果是，就把他们带到这里来。谢谢。"

"好的，没问题的，今天上午，我就是来为你们这个会议室服务的。"那个女服务员立即转身向门外走去。

"这个想法好，让考生和家长看到我们的诚意，还有态度。"老张夸奖了李果。

"说真的，张老师，我这也是跟你这个老法师学的，现学现卖。我这可不是恭维你，我觉得你安排得这么好，这么细致周到，这次我们的见面会肯定能成功，我们肯定可以一举锁定几个学生。那个上海工大麻脸哥吃相太难看了，而且北飞的人又太土气，肯定不是我们的对手。"

"工大那个人一看就知道是个十三点。"

老张爆了句粗口。李果感到老张也是个性情中人，显然，他也对工大麻脸哥很不满,昨天这小子居然在他们眼皮底下横刀夺爱,把那个小鲜肉学生忽悠到了工大,是有点拎不清。但是,李果突然想起了北飞林志玲,早上见到她出街时可是英姿飒爽,棒球帽、黑超墨镜,再加上大红裙,这打扮其实挺酷,挺洋气的。他顿时觉得自己这话说得有点违心了。不过,还好老张并不知道他的心理活动,不然,老张可能要批评他是现在大家最讨厌的两面人了。

然而,时间很快到了九点半,可却没有一个人来。正常的话,说是九点见面,各种事情拖一拖,九点半也应该有人来了。

李果又看了一眼坐在旁边椅子上的老张,不再在门口晃来晃去,终于也像老张一样拉过一把椅子坐了下来。老张对他的焦虑不安视若不见,依然气定神闲地在刷朋友圈,似乎没有注意到已经到时间了还没人来,而且,时间已经过了还是没人来。

可又过了半个小时,都十点了,还是没有一个人来。李果忍不住又一次起身到走廊上看了看,那个穿着西装的女服务员正站在电梯口低头玩手机,看见他忙把手机收到了口袋里。他回来又看了看老张,老张这才看了看手表,对李果若有所思地说,大家现在还没有来,有可能是堵车,因为现在这个季节敦煌正好是旅游的高峰期,各种车辆很多。上次他来敦煌旅游的时候,就遇到过堵车,而且堵得很厉害,有的路堵起来路上的车一点不比上海堵车时路上的车少。李果点点头,感到老张讲得很有道理,所以,他虽然对老张的话将信将疑,也只好说那就再等等看。可过了一会儿,他还是觉得老张的这个解释有点牵强,敦煌再堵车也不可能堵得这么厉害,以至于一个学生和家长也来不了吧。他忍不住拿起手机搜索了一下敦煌堵车,可是跳出来的信息却让人啼笑皆非。有好几条回答都是说敦煌不堵车,只堵骆驼。因为旅游旺季到来时,鸣沙山骑骆驼的游客太多,所以路上堵得很厉害。而且,很多吐槽让人惊讶其真实性:有的人说自己因为堵骆驼在骆驼背上坐太长时间,导致痔疮发作;还有的人说自己因为骑在骆驼上闻着骆驼身上散发出的经久不息的臭味太久,又被前后左右的骆驼夹着动弹不得,竟然被熏得晕倒,一头栽下骆驼。

如果是别的时候看到这些吐槽,李果肯定笑得眼睛都会模糊,可他现在却有点哭笑不得。他们现在离鸣沙山还远着呢,而且,无论如何,游客们总不至于把鸣沙山的骆驼骑到城里来,那些考生和家长也都不会骑着骆驼来宾馆。李果看看老张还是我自岿然不动,没有任何动静,他就把这条信息发送给了老张,可又担心老张看了不开心,刚发给他,就又迅速撤回了。

"要不,我们先喝杯咖啡吧,不然,冷了就不好喝了。"

过了一会,看看门外还是没有动静,李果实在坐不下去了,他就自作主张端起一杯咖啡递给了老张。老张没有拒绝,接了过来,心不在焉地喝了一口,继续看自己的手机。李果自己也喝了一口,这才发现,可能是放的时间太久,或者是空调越来越凉的缘故,杯子里的咖啡早冷了。

"怎么样?气势蛋糕我们也先吃一块吧,等会学生和家长来了,我们还要讲话,也顾不上吃。现在吃了也可以积蓄一点气势。放心，咖啡和蛋糕我买的都有富余的，足够了。"李果忽然觉得自己有点饿，看来等人消耗能量很厉害。

"好，那我们就先吃块吧，我们是要有提前量才行。"老张拿起一块蛋糕，直接送到了嘴里，"味道还不错。"

可李果啃了一口后却觉得有点太甜太腻了，和上海的比起来差的不是那么一点点，他很奇怪老张竟然还觉得不错。

"你说，那几个学生和家长怎么现在都还不来？已经过了一个多小时了。"

"今天是星期一，家长们都在上班，可能不方便打电话。我刚才已经给那几个学生家长发了信息，可还没有一个人回。"老张拿起会议桌上的手机看了一眼，"哦，那个戴眼镜的女孩的妈妈回了，说正在开车，等会再联系。"

"那就好，反正我们上午也没什么事，就等他们好了。"李果也拿起手机看了看时间，他这才知道老张并不像他以为的那样在淡定地刷朋友圈，而是在紧张地工作，他的心情稍微放松了一点。

"这几个学生都是我们的目标考生，昨天我电话联系他们的爸爸妈妈时都还答应得好好地，说是即使他们上班来不了也要让孩子再来找我们，再深入了解一下德华的情况的。可现在一个考生也没过来，是不是出问题了？"

老张又看了一会手机，抬头看了李果一眼，有点迟疑地嘀咕了一句。

"刚才我也这么想来着，如果一两个人不来，还比较正常，可现在一个人也没来，可能问题就没那么简单了。那你看，我们是不是先和哪个学生联系一下，看看是不是出了什么问题。你有没有哪个学生的联系方式，我来打个电话？"

看到老张也有点吃不准，李果立即更加担心起来。他把啃了一半的蛋糕使劲塞到嘴里，起身到电脑那里关掉了诺拉·琼斯正在哼唱的《纽约城》。他觉得这首歌今天上午估计听了几百遍都有了，他几乎都要听得呕吐了。

"还是我来打吧，那个戴眼镜女孩的电话我有。"

"你说的那个戴眼镜女孩，是那个想学医、她妈妈却想让她学会计的女孩吧？"李果怕老张搞错，特地提醒了他一下。

"对，就是她，我印象深的。"

可老张嘴上这么说，人似乎也紧张起来，站起来仔细看了看手机，然后才开始打起了电话。出人意料的是，电话很快通了。李果看到老张对着手机轻声细语地嘀咕了几句后迅速挂上了电话。等老张转过身来的时候，他忽然发现，老张额头上那抹头发竟然耷拉了下来。

"北飞的人提前把那几个考生搞走了，他们现在在鸣沙山搞什么狗屁的无人机体验活动。太不要脸了。"

"那怎么办？"

李果也吃惊地站了起来。他忽然想起早上在走廊里碰到北飞的人的那一幕，当时就觉得他们偷偷摸摸的，有点不对劲，现在看来他们早有预谋，难怪他们做贼心虚，不肯和他一起乘电梯下楼了。他走到窗边,看着远处的黄色的鸣沙山一片朦胧,可能是有了沙尘暴,刚才还是蓝色的天空也变得昏黄起来。他忽然听到老张在大声说话,就回过头看了看,老张正在"嗯嗯嗯"地打电话,向他招了招手,他就拿着手机走到了老张面前。

"那个戴眼镜的妈妈来电话了,她说昨天我们联系过她以后,北飞的老师也打电话了,说是邀请她女儿今天早上到鸣沙山参加无人机体验活动。他们讲只有一个多小时,不耽误见我们。再说孩子也对无人机很感兴趣,所以就让孩子去了。而且,她还说,北飞的老师一再对她讲,他们已经事先和我们都商量好了,我们同意叫孩子先参加他们的活动,结束后再来参加我们的见面会,所以,只要中午前到飞天宾馆就行了。"

"我×,北飞的人真是太卑鄙了!真没想到,他们竟然敢假传圣旨,欺骗学生和家长。"李果忍不住脱口而出一句脏话,"这就是明目张胆挑战人类共同体的底线啊。"

"哦,没什么,是我的错,都怪我太大意了。昨天晚上,我应该和这几个学生的家长再——打个电话落实一下的,这样就不会给北飞的人留下可乘之机了。"

老张有点自责,可能是担心李果看到他气得发白的脸,动摇军心,他强压着怒火,转身向窗边走去。

"不,张老师,这不怪你,我觉得主要是北飞的人太狡猾了,没哪个大学的人会这么无耻的。"李果赶紧安慰了他一句,这是他的真心话,他觉得老张已经做得尽善尽美了,实在是北飞的人太狡猾、太无耻了。

"咦,这里看得见鸣沙山啊。"老张好像忽然被窗外的景色吸引了。

"是的,看起来很近的。我早上来的时候就看到了,很清楚,当时不知道这就是鸣沙山,还是问了那个女服务员,才知道的。刚才那边可能有风沙,山啊什么的不是那么清晰了。"李果看到老张忽然对鸣沙山感起兴趣,忙走过去顺着老张的视线向窗外望去,越过眼前的林立的白杨树的绿色的树梢和各种各样的高低起伏建筑的屋顶,纯净的蓝天下,远处的鸣沙山重又变得清晰可见起来,就像是一块巨大的"气势"蛋糕一样飘浮在空中,似乎伸手就可以拿过来。

"鸣沙山,沙鸣山,小李,你马上给我查查看,从我们这里到沙鸣山,不,是鸣沙山,到底有多远?"

"让我看看,嗯,打的的话,最多半个小时吧。"李果赶紧用手机查了一下,他感到老张很可能是受了北飞那几个人的刺激,产生应激反应了,他觉得有必要尽快对老张采取心理干涉,让他走出这个创伤区。

"对了,张老师,你看,这些气势蛋糕和咖啡怎么处理?因为担心不够,我订了足足二十份呢。"

"这倒是的,不急,我们先把气势蛋糕吃掉,气势蛋糕比较贵,不能浪费,再说,磨刀不误砍柴工。"老张回头看了看桌子上的一份份摆得整整齐齐的咖啡和蛋糕,冷静地招呼他坐下来,从容地拿起一块气势蛋糕一口吞了下去。

　　李果看到老张泰山崩于前而不变色,谈笑间一块气势蛋糕就这么瞬间消失,一向不喜欢吃甜食的他只好也拿起一块蛋糕啃了一口。现在他觉得,这些气势蛋糕不仅没能起到显现他们气势的作用,反而要把他们自己给气死了。他以为老张吃完一块蛋糕后会和他聊聊,可是老张接着又拿起了一块蛋糕往嘴里送去,可能是噎了一下,他还拿起一杯咖啡,直接把杯盖揭开,喝了一大口。然后,他又拿起一块蛋糕猛咬了一口。李果突然间痛苦地感觉到,如果不把这二十块蛋糕吃光,老张是不会停下来的。为了不让老张把自己吃爆,也为了老张不丧失理智,他只好忍着腻味又拿起了一块蛋糕。终于,他们把桌子上的蛋糕一块一块全塞到了肚子里。当李果艰难地咽下最后一口蛋糕后,觉得自己这辈子都不会再吃什么气势蛋糕了。

　　"我们这就去鸣沙山去把那几个学生抢回来,叫北飞的人知道我们德华的人也不是那么好惹的。"老张把从额角垂到耳边的那缕头发往光头上使劲一撸,双手抱着自己那快把衬衫扣子撑爆掉的轮胎肚皮,有点艰难地从桌子边站了起来。然后,他像指挥千军万马一样,对唯一的手下李果下达了总攻令。

　　"立即出发,我们一定要找到北飞那几个好好算一账,打他们一个措手不及。"

　　"明白,兵不厌诈!"李果赶紧大声点赞,抢在老张前面推开了会议室的另一扇门。

　　"这就叫不破北飞终不还!"老张豪气干云地对他挥了挥手。

第十二章

　　从宾馆出来，李果立即冲到马路边拦了一辆出租车，他本来要转身招呼一下站在宾馆门口等车的老张，可没想到老张已经以迅雷不及掩耳之势像箭一样射了过来，然后砰地拉开后门钻进了车里。李果也赶紧拉开前车门坐到了副驾驶位置上。司机还没来得及问他们去哪儿，老张就张嘴发出命令，叫司机马上开到鸣沙山。

　　司机是个小伙子，手疾脚快，看老张口气很急，忙转动方向盘在马路上把车掉了个头，嘎吱一声向鸣沙山驶去。老张又问去鸣沙山最快多少时间能到，司机回头看了他一眼，说半个小时就可以了。老张又加了一句，那就快点开，越快越好。司机边踩油门边好奇地问他有什么急事，老张顺口说他有四个学生刚才被人绑架到鸣沙山了。这下把司机吓了一跳，方向盘陡然晃了一下，汽车差点撞到旁边车道上一辆正在走的装满金黄色的李广杏的驴车上。李果吓了一大跳，赶紧伸手抓住了车窗上的把手。

　　"绑架！那你们怎么不报警啊？"司机大声问身边的李果，一脚把油门踩到了底。汽车轰鸣着向前冲去。车里顿时散发出一股浓烈的油烟味。老张被呛得"喀喀喀"地咳嗽起来。

　　"哦，他开玩笑的，不用紧张。"李果忙宽慰了司机一句。

"这样啊,这个玩笑可不好多开的。"司机松了口气,忙踩了一脚刹车,在一个红绿灯路口停了下来,回头看了看老张,"我们敦煌正在搞文明城市建设,要是突然出了这种事情,那评选的事可就泡汤了。"

李果也回头看了老张一眼,老张正双手抓着司机的座椅靠背,聚精会神往前盯着挡风玻璃前的跳动的红绿灯,对他们两个人的话似乎充耳不闻。路口的交通灯变绿后,老张忽然对李果说,等会到了大门口,他来付车钱,叫李果去买票,这样不耽误时间。李果赶紧点了点头,感觉老张到底是学数学出身的,很善于统筹安排。

出租车果然没过多久就到了鸣沙山景区的大门口,司机车还没停稳李果就赶紧推门下车去买票,还好售票处的人不多,他买好票急匆匆跑回来时老张拿着发票才刚从车里出来没多久。他们立即从检票口进了景区。在路旁边有出售鞋套的地方,老张从容不迫买了两副橘黄色的无纺布做的鞋套,叫李果和他一起穿好。

"不然,等会沙子钻进鞋子里会磨脚的。"他抬脚把鞋套在膝盖下系好,站起来跺了跺脚。

李果差点笑出了声。他感觉老张就像是个穿错衣服的消防员,把橙色的消防服的袖子从胳膊穿到了腿上。可老张还没完,他竟然从裤子口袋里摸出了个大墨镜戴到了脸上。

"这样就万无一失了。不然,山上有风,刮起来的风沙会迷人眼的。我上次来,一张嘴被风刮了一嘴沙。"

"这么厉害？我们去哪里找那几个学生？"

李果抬头看了看对面高高的白杨树上空的宁静的蓝天，觉得有点难以置信，而且，现在山下好像一丝风也没有。他套好鞋套，也像老张那样跺了跺脚，从鞋套上立即掉下很多沙粒来。他忽然觉得老张真的非常英明，真的是处变不惊，这么忙还没忘在身上带副墨镜，早知道他也带一副墨镜来了。且不说老张讲的山头的风沙了，他现在就感觉到，鸣沙山的太阳好像比别的地方要刺眼得多，当然也热得多，没走几步，他就感到被没有遮挡的太阳晒得头皮发麻。

"自然是鸣沙山。不过，我们要爬到山顶去找他们。"老张头也不回地往前走去，"刚才我在车上给那个眼镜女生发了短信，她说他们几个人还在鸣沙山的山顶，北飞的老师正在带着他们玩无人机航拍。"

"山顶？他们也玩得太嗨了吧？这可真是看山跑死马，感觉距离还很远啊。"

李果赶紧跟上老张的步伐。黄色的鸣沙山确实就在附近，可是他却没有看到任何山的影子，除了路边两排的白杨树和尽头的一座高大宏伟的牌坊之外，什么也没有。现在的风景区为了赚钱，都努力把入口放到离景区很远的地方，这样可以扩大景区面积，在路边多安排点商店，或者搞点电瓶车载客，再赚游客一点交通费。他估计，鸣沙山的套路也差不多，他们看样子哪怕是只走到山脚下就不近。他忽然看到路边有个卖旅游用品的小店挂着印有"鸣沙山"字样的棒球帽，就过去准备买个棒球帽戴上挡挡太阳。可卖东西的大姐看到他是往景区里面走的，就好心地对他讲鸣沙山上不仅太阳很大，而且不时刮沙尘暴，建议他最好买个带有连脖面罩的钓鱼帽，这样既可以遮阳又可以防风沙，免得到时候弄得满脸满嘴都是沙子，眼睛也睁不开。他转头看了看路上的游客，发现很多来来往往的人都戴着这样的钓鱼帽，就买了两顶卡其色的帽子。大姐没料到他居然会一买两顶，很高兴，免费送了他两支藿香正气水。他本想不要，大姐说这是防止中暑的，如果上山的话带着预防一下也好的，他不忍拒绝大姐的好意，就接过来装在了口袋里。

"这个给你买的。"李果追上在前面等他的老张，把一顶钓鱼帽递给他，"这个防风沙比墨镜强，而且还防太阳。现在还没看到鸣沙山，看样子，我们走过去需要一会吧？"

"没事，我已经计划好了，我们可以马上骑骆驼过去，不仅可以节省时间，还可以省点力气。"老张接过他的帽子，指着前方的一片沙丘后面似乎是突然间出现的一群脏兮兮的骆驼说，"看，骆驼就在那里。"

"太好了，真是天助我也。"李果忍不住伸手和老张拍了一下，感到他真是料事如神，而那些骆驼就好像是老张提前为他们准备好的一样。

片刻之后，他们就各自跨上了一头浑身散发着浓烈的骆驼味的骆驼。李果过去在电视或者电影里看人在沙漠里骑骆驼似乎是件很浪漫的事——在夕阳的红色的余晖中，几十头骆驼排成一队，从沙漠深处款款走来，叮当的驼铃声似乎来自梦境，悠远而神秘，让人悠然神往。可他没想到，电影也好，电视也好，只有声音和颜色，没有味道，真实的骆驼其实臭不可闻。不过，想想总比自己走到鸣沙山下要省点力气，他也就捏着鼻子只好忍一忍了。

当然，他们能这么快就骑上骆驼开路，也是老张随机应变的结果。本来，那个戴着巴拿马草帽、脸上围着红白格子花围巾的驼夫小弟还很犹豫，他嘟嘟噜噜说要等自己的四头骆驼坐满后才肯走，不然两头骆驼要空驶，亏大了。老张不愿意耽误时间，看他磨磨蹭蹭，立即对他说给他加两头骆驼的钱，问他走不走，如果他还不愿意的话，他们就找别人去了。小弟看到到手的生意要泡汤，马上把脸上的围巾扯了扯，露出鼻子深深呼吸了一口骆驼散发出的呛人的味道，伸手很响地擤了一下鼻涕，然后，他先看了看两头空骆驼，又看了看老张和李果，似乎纠结了一下后，把空着的一头骆驼交给旁边的一个驼夫。

"好吧，看你们这么着急，我就牺牲一下。"

小弟对老张挥挥手，好像真的做出了很大牺牲一样，叫老张和李果跨上两头卧在地上的骆驼。然后他自己假装无奈地也跨上了一头骆驼，拍了拍骆驼屁股，让骆驼起身后，领着老张和李果在叮叮当当的驼铃声中往前面的两个沙丘间的道路上走去。

可是他们急，骆驼却不急，李果觉得骆驼走得好像比路边的人还慢，过了好一会儿，他们才从前面那个像一座城门一样的两座沙丘间穿了过去。可当骆驼摇着铃铛从沙丘中间的弯道里走出来的一刹那,李果就忍不住惊叫了一声,还好他抓着骆驼鞍座上的扶手,要不真有可能从骆驼上摔下来。眼前陡然出现了一座座连绵不绝的黄色的沙山。他还从来没有见过这种全是沙粒堆成的、如此高大的、像一堵厚实的城墙一样的黄沙堆积而成的沙山。远远可以看见从山脚到山顶的山坡上似乎有好几根长长的粗大的黑色的绳索,游客们像黑色的蚂蚁一样正在上上下下地蠕动。而在这黄色的山顶上,是一片蓝得像电脑屏保一样的不真实的蓝天。

"这就是鸣沙山?"他在驼铃声中大声问前面的老张。

"对的。看到了吧,那边像个扇子一样的山就是鸣沙山的主峰,山坡上有木头做的绳梯,等会我们下了骆驼后,得像那些人一样踩着沙里的绳梯爬到山顶。北飞的人和我们的那几个学生应该就在那边的山顶上。"

老张伸手指了指远处的鸣沙山,一副胸有成竹的样子。像他一样,老张的光脑袋上戴着有透明网罩的钓鱼帽,脸和脖子都被罩得严严实实,只露出一副反射着太阳光的墨镜。他骑在骆驼上神气十足,潇洒自如,身子随着骆驼有节奏地颤动着,看起来就像个气宇不凡的阿拉伯的王子。

"哦,我刚才还奇怪,沙子那么滑,那些人怎么能在沙山上爬来爬去的。"李果抬了抬有点疼的屁股,恍然大悟,"有绳梯就对了。"

"我们得快点才行,爬上去还要花时间呢。"老张对前面的驼夫小弟叫了一声,"哎,小兄弟,我们要急着上山,你在前面叫骆驼走快点。我们不是来这里旅游的,是来这里找人的。"

"那你怎么不早说,快点还不容易吗?不是我吹牛,我的骆驼跑起来比鸵鸟还快。我还担心骆驼走快了,你们嫌我赚黑心钱,不开心呢。"

小弟吹完牛后,立即把红白格子围巾围到脸上,转头抖了抖手里的缰绳,骆驼突然迈开了大步向前奔去。老张的骆驼和李果的骆驼颈下挂的驼铃马上叮叮当当地响了起来。旁边的路上走路去鸣沙山的游客看到骆驼居然能跑这么快,很多人惊呼着拿起手机对着他们纷纷拍起了照片。不过,李果坐在骆驼上,屁股感觉都被颠成碎片了。很快,他们就来到一座沙山的山脚下,骆驼这才放慢了脚步,开始顺着山谷的缓坡一步一步往上走。

沙漠徒行,确实不易。李果看到前面的骆驼一步一摇,每走一步大蹄子都深深地陷到沙里,似乎很吃力的样子。而且,他发现当他们进入连绵的沙山后,看起来好像非常干净的空气中不断有细小的沙粒刮到蒙着面纱的脸上,他不小心嘴里还吃到了一点沙粒。他这才感到那个劝他买蒙面钓鱼帽的大姐的好心。现在,他也终于理解了过去在电视和电影里看到的那些在沙漠里生活的人为什么总是会围着大头巾、蒙着脸了,其实这些都是生活所迫。就像刚才别人看到他们骑在骆驼上,趾高气扬,驼铃叮当,觉得美妙无比,可实际上他们不仅屁股都被颠坏了还心急如焚一样。很多事情,别人看到的和自己感受到的,是两回事。

到了半山腰的一个山坡上后,小弟拉住骆驼扯下红白格子的围巾露出脸问老张是从这里下,然后沿着山脊爬到鸣沙山的那座主峰上去,还是再绕到前面的山脚下,从那里正面踩着绳梯上去。李果抬头看了看平缓的山脊,上面有几个穿着颜色鲜艳的红色和蓝色冲锋衣的人正在往山顶一步一步地攀爬,他们踩过的地方,留下了一串串比骆驼蹄子还大的脚印。老张问李果,要不他们就从这里上去,这里人少,不容易被人发现,上去后可以给北飞的人来个措手不及。李果觉得老张真是神机妙算,用兵如神,立即同意了。老张转头对小弟说就在这里下。小弟用鞭子抽了一下自己的骆驼的前腿,让它跪下来,然后他从骆驼上跳下来,准备拿着鞭子来抽老张的骆驼,叫它跪下来好让老张下来。可没想到老张不让他抽骆驼,自己翻身从骆驼背上跳了下来。李果看老张都跳了下来,虽然他还有点恐高症,可也只好咬着牙从骆驼上跳了下来,还好下面的沙地很软,缓冲了一下,跳下来后感觉还不是那么痛。

老张下了骆驼后,立即掏出手机,扫了小弟的微信付了钱。小弟说了句"谢谢",老张说了声"不用谢,以后少抽骆驼几鞭子就可以了"。那个小弟忙点头哈腰说"没问题没问题",转身对着自己的骆驼一鞭子,欢天喜地地牵着它带着他的另外两头骆驼叮叮当当地下山了。

"怎么样,我们这就开始爬吧?"李果有点迫不及待,转头对还在盯着骆驼发呆的老张说。他还是头一次发现，不苟言笑的老张其实是个面冷心热的人，竟然有颗柔软的心，对可怜的臭烘烘的骆驼不停地挨鞭子充满了同情。

"好，我们要抓紧时间，争取半个小时就爬上去，爬不动了，可以中间休息一下再爬。"

"这座山不是很高啊，十几分钟应该够了吧。"李果看了看面前的山脊，觉得并不是很高，感到老张有点夸张了。刚才在路上看到的那几个往上爬的人已经爬到了山顶不见了。

可是，当李果跟着老张开始踩着沙子斜着身子往山上爬的时候，还没爬几步，他就意识到老张说的话并不是夸张。因为他的脚每往上踩一步，就陷在了软绵绵的沙子里，而且来不及把脚再拔出来，自己整个身子就会往下滑个半步，这样来来回回、上上下下花了很大力气也没爬多远。老张可能是以前来鸣沙山时爬过，很有经验，他站着爬了没多远就开始撅着屁股手脚并用起来，而且不停地嘟嘟嘟地放屁。李果弯着腰跟在老张后面，不仅感觉空气里充满了硫黄味，还很担心老张会忽然像个球一样滚下来，把他也给砸下去。他就使劲往旁边爬了几步，和老张并排往山上爬了起来。又爬了几步后，他忽然听到呼啦呼啦的喘气声，他直起腰转头看了看老张，喘息声立即没有了。他又继续往上爬，耳朵边又开始听到呼啦呼啦的声音，他又停下来看了看，老张已经落在后面了。他这才反应过来原来是自己在喘气。不过，老张也喘得厉害，他爬到李果身边后，一屁股坐到了沙上，叫李果也一起坐一下。他先把墨镜摘下,然后又一把将渔夫帽从头上拿了下来,捏住就朝脸上扇个不停,喘息了一会后,他才憋住气开口说话。

"看来,以后我们德华来敦煌招生的人,学校要先搞个铁人三项训练才行。不然,这么折腾一下,非心肌梗死不可。"

可能是被风卷起来的沙尘吹到了老张的嘴里,老张呸呸呸地吐了几口唾沫,又喀喀喀地咳嗽了起来。

"必须的!早知道会有今天这一出,老子也提前半年去练攀岩了。"李果也把帽子拿了下来,用面罩擦了擦脸上的汗,也忍不住出气不均匀地笑了起来。

可笑归笑,他们还得努力往上爬。老张把帽子重新戴到和沙漠一样的光头上,又把大墨镜架到鼻梁上,转身开始呼哧呼哧地继续往上爬。李果看到老张这么拼,也不好意思落后,就使劲重新跟着老张爬了起来。不一会,他就再次超过了老张。他本来想和老张一起爬上去,可一停下来他就觉得自己腿软脚软,而且心也跳得厉害,他就决定干脆爬到山顶去等老张。他开始埋着头,也像老张一样手脚并用向上爬去。

一鼓作气爬到山顶后,李果终于大口喘着气坐了下来。他原来以为爬到山顶后,可以看到对面的山谷里青山绿水、高高的白杨树,可是出现在他面前的却是一座又一座看不到尽头的沙山,在蓝天和骄阳下,山上的沙粒就像是一堆堆黄色的火焰一样在燃烧,又像大海的波涛一样汹涌澎湃。可这些火焰和波涛竟然都是无穷无尽的细小的沙粒堆积而成,既让人感到不可思议的辽阔，同时也让人感到一种说不出的虚无和一种绝对的寂静。他一个人坐在山顶上，几乎可以听见自己心脏咚咚跳动的声音。他转过头，看到就在不远处的另一个比较低矮的山头上，刚才那几个穿五颜六色的冲锋衣的人在拍照，因为有风吹过，居然传来了他们的欢声笑语。在他们旁边的三五成群的游客中，他忽然看见了那个穿着醒目的红裙的北飞林志玲，她正拿着一个迎风招展的红色的纱巾在搔首弄姿。在她的头顶，一架灰黑色的无人机在无声地翱翔着，估计正给她来个360度的写真摄影。李果又眯着眼睛仔细地看了看，发现了那两个北飞的男老师和围在他们身边的几个穿蓝白色校服的阳关中学的学生。他赶紧回头朝下面看了看老张，老张正站在很近的地方弯腰喘气，他指着那边的山头大声对老张说看到北飞的人了。老张点点头，没说话，只是挥挥手表示自己知道了，然后用力爬了上来。

"他们在哪儿？"老张上来后一屁股坐了下来，他的高级西装上都是黄色的沙粒，衬衫的扣子几乎都解开了，可以看见里面的肚皮和胸脯剧烈地起伏着，真的像个充满气的轮胎一样，似乎随时就会爆炸。

"看，他们就在那边，很近。"李果站起来对老张指了指对面由一个斜坡相连的大约有两三百米远的山头，"这次十几分钟我们肯定可以走过去。"

"好，那我们就过去。"老张挣扎着想站起来，可屁股还没抬起来，就又坐了下去。而且，他不仅坐了下去，还直挺挺地躺了下去。之后，他又在沙里挣扎了几下，也没能坐起来。

"没事吧，张老师？！"李果大吃一惊，赶紧蹲到他身边。

"我不行了，可能中暑了，有点难受，得躺在这里喘会气。你别管我，快去那边找北飞的人，找他们算账。"老张伸手吃力地把墨镜和帽子从脸上统统拿下来，脸色苍白，大汗直流，闭着眼睛喘息着，好像战场上中弹的战士在和战友做最后的诀别。

"不行，老张，我怎么也不能丢下你，你一个人在这里太危险了，要是成为招生烈士了，这个传出去会成为笑柄的。对了，你等等，再坚持一下。"

李果情急之下，有点口不择言。他忽然想起卖帽子的大姐送给他的两支藿香正气水，从口袋里摸出来，用牙齿用力咬开，一起塞到老张嘴里，边挤压边让他快点喝下去。老张眼睛也不睁开，也不管是什么东西，就一口气把两支药全吸光了。

"真难喝！比速溶咖啡还难喝。"

过了一会，老张终于缓缓睁开了眼睛。李果扶住他慢慢坐了起来。

"要是有杏皮水喝一口就好了，这里的杏皮水肯定也可以治中暑的，杏皮水没这么苦。"

"我的亲哥哥，这个地方哪来的杏皮水？！你看看，这里除了沙子还是沙子，连块杏皮都没有啊。"李果被老张的话弄得差点笑岔气。

"哦，我糊涂了。你快看看，北飞的人还在不在？"

李果忙回头看了看对面的山头，北飞林志玲的红纱巾不见了，天上的无人机也没了影踪。真的就像他对老张讲的那样，除了沙子，连个影子都没有了。

"不见了，可能到山头那边了。"

"快点，我们得抓住他们。"老张抓着帽子和墨镜用力站了起来，重新一一披挂整齐，"走，我们这就过去。"

李果怕老张再倒下来，赶紧扶着老张向对面的山坡深一脚浅一脚地走去。这次，他预测对了，他们只用了十几分钟就走了过去。不过，这已经没有意义了，因为他们还是晚了一步。李果很快就看到，北飞的红裙林志玲抓着上下翻飞的红纱巾正和那几个学生坐着几辆轰鸣的沙地摩托冲到了山脚下，他们正飞快地往那湾蓝色的月牙泉驶去。他立即指给老张看，可老张又喘了起来，半天说不出话来。李果想要不是自己在旁边赶紧架住老张的胳膊，他很有可能会再次倒下来。可是，李果很清醒，无论如何不能让老张倒下，因为老张刚才把那两支难喝的藿香正气水全喝光了，老张要真再倒下去，他也没招了，他又不会人工呼吸，就是会，对着老张的嘴亲个不停，他可能也会立即中暑恶心的，那么，到时候只能把老张推下山让他滚下去，再叫人来抢救了。

"北飞的人太嚣张了！就让他们的阴谋这么轻易得逞，我真是气不过。"老张颤抖着掏出手机，"世上总要有公义才对！我要让他们知道，惹了德华会是什么后果。"

老张戴着墨镜，李果看不到他的表情，但觉得老张是真的有点受刺激了,似乎自己拿着的已经不是手机,而是一个威力巨大的手雷。他很担心老张昏头昏脑地把手机就这么往山脚下扔出去,忙提醒他往后退退,不要不小心人从山坡上滑下去了。可让李果震惊的是,老张不仅对他的话置若罔闻,竟然还匪夷所思地拨通了报警电话。

"请问是110吗?我要报警,有个穿红裙子、戴黑棒球帽和墨镜的坏女人和她的两个手下绑架了我们好几个学生。位置?位置就在月牙泉。对的,那个女的很有可能是黑社会的人,他们趁我们没注意,把我们的几个学生用沙地摩托带走了。不知道他们有没有武器,我只看到他们好像有个军用的无人机。好,好,好,我们会注意安全的。我的手机被锁定了?好的,等会你们到了来联系我,我会一直保持开机状态的,好的好的,明白!谢谢!谢谢!"

李果不禁目瞪口呆。看到老张打完电话后淡定地把手机重新放到裤子口袋里,然后还拍了拍西装上的沙粒,他惊讶得几乎一句话也说不出来。

"别紧张。中国毕竟是个法治社会。北飞的人太无法无天了,以为自己会造个无人机就了不起了,光天化日之下竟然敢把我们的学生打劫走,这就是犯罪,这就是破坏法治!"

老张对着李果笑眯眯地说这些话,似乎一点也不生气了,而且,呼吸也正常了。他看了看旁边有人在出租塑料滑板滑沙,已经有游客坐着滑板就像是坐在滑梯上一样尖叫着瞬间滑到了山脚,就叫李果也去租了两块滑板。

"这个好!快,省力气,一下子就滑到山下了。放心,北飞的人这次是插翅难飞了。他们真是吃了豹子胆,敢和我玩。等我们下去赶到月牙泉的时候,估计警察也快赶到了。"

李果看看老张毫不犹豫地坐到了滑板上,也只好坐到了自己的滑板上。老张把脚往沙里一蹬,往下滑了下去,李果也跟着他坐在自己的滑板上一口气滑了下去。到了山脚,老张和李果把滑板交给收滑板的人,然后,他们不紧不慢地向月牙泉走去。老张显然已经恢复了状态,经过路边的一个饮料店时,他买了两杯冰冻的杏皮水,非要让李果来一杯。李果只好接过来喝了一口,杏皮水清凉又酸甜,还真不错。

可是,让李果奇怪的是,一直到他们跟着络绎不绝的游客走到月牙泉,一路上也没看到警察的影子。而且,他们走进旁边的檐牙高耸、灰瓦白墙的古典园林后,好像除了喧嚣的游人外,也没有看到北飞的人和那几个学生的影子。老张也疑惑起来,有点着急,和李果在院子里闹哄哄的人群中挤来挤去,到处想找到北飞的人。就在李果开始怀疑老张打的可能是假的110的时候,他忽然听到头顶有嗡嗡嗡的声音,他慢慢地抬起头,看到了他曾在飞天宾馆看见过的那架灰黑色的无人机正绕着院子里那个四层高的六棱月牙阁在转圈。他拉了拉老张,低声叫他看头顶。老张抬起头看了一眼,忽然拨开身边的人,向月牙阁的门廊走去。李果不知道他要干什么,也赶紧跟了上去。

当老张从月牙阁的二楼的正门出来的时候,无人机刚好飞了过来,正一点一点很慢地往上飞。李果估计无人机是想拍一下门楣上挂着的"第一泉"的匾额,可是让他完全意想不到的一幕发生了,老张竟然跳动略显肥胖的身躯,伸手一把抓住了无人机,以迅雷不及掩耳之势快速拧歪了一个螺旋桨,然后就把它扔到了走廊外面。无人机立即像是被恐怖分子的火箭筒射出的火箭弹击中了一样,在空中摇摇晃晃向月牙阁另一侧飞去。老张回头向站着发呆的李果挥了挥手,沿着月牙阁的回廊跟着无人机向正对着月牙泉的那一面快步走了过去。

李果刚才按照老张的指示走到月牙泉边的回廊上,一眼就看到了站在月牙泉边穿着一身红衣的北飞林志玲。她正在焦急地和酒糟鼻同事看着旁边的另外一个同事拿着有两根天线的遥控器来回走动着,努力想操纵像喝醉了酒一样的无人机稳定降落下来。可是正当那架无人机抖动着好不容易要降落到北飞林志玲的面前时,又忽然剧烈地颤抖着向月牙泉里飞去,她赶紧往前跨了一步,伸手去抓那架无人机,可就在她抓住无人机的一瞬间,脚下却踩空了,她身体一晃,还没来得及叫一声,就和无人机一起栽进了下面的月牙泉里。站在旁边观摩的那几个穿着校服的阳关中学的学生马上发出了好几声尖叫。那个拿遥控器的北飞老师赶紧把遥控器往酒糟鼻手里一塞,衣服也没脱就直接跳到了水里。李果看到北飞林志玲在水里边扑腾边叫救命,不禁感到一阵心疼。如果不是站在这么高的地方,或者会跳水,他可能早就跳下去救她了。

就在这个紧急关头，李果忽然听到了像公鸡打鸣一样的咯咯咯的笑声。他转头看到老张正露出牙齿笑着对下面的那个长着酒糟鼻的北飞老师伸出手指，比画出一个表示胜利的V字来。李果觉得老张也太嚣张了，真恨不得趁他不注意，一脚把他从楼上踹进月牙泉里。他正这么想着，酒糟鼻把遥控器往旁边的学生手里一塞，突然往月牙阁的楼下冲了过来。李果看了老张一眼，老张一副稳操胜券的样子，把墨镜摘下来吹了吹上面的沙尘。

"来不及了，你看那边。"

李果跟着他的眼神向月牙阁的入口望了过去，只见好多辆蓝白色的警车伴随着车顶的闪烁的警灯响着刺耳的警笛，一辆一辆冲到了广场上停了下来。

"这下北飞的人就要吃不了兜着走了。"

老张扬扬得意地看了李果一眼。

李果顾不上搭理他，赶紧看在湖里挣扎的北飞林志玲，还好湖水似乎并不深，她已经被那个男同事从湖水里救了上来。她浑身湿漉漉地站在湖边，边用手捋着湿透的长发，边对那个救她上来的同事说着话。她的浑身的红衣服都湿透了，紧紧裹在身上，线条毕露，性感撩人。李果觉得，她的身材真好，简直可以做维密的模特儿。

第十三章

不过，事后看，老张的估计还是有点过于乐观了。在那些穿着黑色制服和防弹背心的荷枪实弹的防暴警察进入月牙泉之前，酒糟鼻还是怒不可遏地跑到了月牙阁上。看到他们后，酒糟鼻立即张牙舞爪地向老张冲了过来。虽然李果赶紧扑上去抱住了酒糟鼻，可酒糟鼻身高体壮，不顾一切地挣扎着伸手给了老张的脸一个巴掌。还好老张头上戴着有面纱的钓鱼帽，脸上还戴着墨镜，多少起了点保护作用，酒糟鼻只是把他的墨镜打到了地上。但墨镜腿擦了老张的鼻子一下，导致老张的鼻梁中间被刮出了一道殷红的血痕出来。

接下来事情就简单了，两个警察也很快冲到了月牙阁上，举着枪在他们身后大叫了一声，要他们把手举起来站着别动。李果、酒糟鼻，还有老张只好不再拉拉扯扯，又叫又嚷，老老实实地松开手在围廊上站好。李果举着手在月牙阁上看到一堆全副武装的穿着黑色制服还蒙着黑色面罩只露出两只眼睛的警察在下面的院子里又是拿冲锋枪指着窗户，又是一个箭步跳上走廊，打个滚举起手枪瞄准着前面什么东西，感觉就像搞演习一样，动作很像警匪片里的警察，也不清楚他们是不是就是从电影里学的这些动作。很多游客以为他们在拍电影，拿出手机拍个不停。这让这些如临大敌的警察哭笑不得，他们一个劲地对游客说"闪开闪开""不要动，不要动"，搞得游客们无所适从，只好弯腰屈背一动不动地站在原地。直到他们看到被从月牙泉里捞出来的湿淋淋的北飞红裙林志玲在几个戴着钢盔的警察的陪伴下走过来后，才把一直弓着的腰直了起来。

这时，老张的手机突然响了起来。老张对着一个正用枪指着自己的警察说，刚才就是自己报的警，打了110，这个电话很可能是他们自己人打来的，他得接这个电话。那个警察把枪放下，过来从他裤子口袋里掏出手机，接通后讲了几句话。然后，他挥了挥手，就和另一个警察一前一后带着他们三个人下了楼。

一个负责的胖警察把老张他俩，还有北飞的老师叫到院子里的月牙泉历史陈列室里简单了讯问过后，才知道是怎么回事。北飞林志玲虽然全身湿透，可人却很清醒，胖警察问她是怎么回事的时候，她推说自己什么都不知道，像个被害者一样莫名其妙，完全是一副无公害的小白兔的样子。这让李果又感到刚才她落水多少也是个报应。当胖警察问老张情况的时候，老张顿时义愤填膺，把北飞的人抢他们学生的事情说了一下。他讲的时候，北飞林志玲故作惊讶地盯着老张和李果看了好几眼，可李果假装一眼也没看到。

胖警察又把那几个阳关中学的学生叫过来问了问情况。李果看到那个戴眼镜的女孩和她的同学们似乎情绪很稳定，对眼前出现的这场突发情况好像一点也不惊讶,他猜这几个无辜的小朋友可能到现在还被蒙在鼓里,对他们和北飞的几个人搞出的这场闹剧完全不明所以。所以,胖警察问了学生的情况后,也马上明白是怎么回事了,就当场说没他们什么事,叫他们自己回家。老张看学生们要走,立即奋不顾身地对他们说,等会德华的老师会给他们打电话的,叫他们保持联系,改时间再来宾馆座谈。旁边的警察看他还不老实,用冲锋枪的枪管捅了他的胳膊一下,他才"哎哟"一声闭上了嘴。

李果以为这件事情到这里就算结束了。可那个胖警察却拍拍巴掌叫手下把他俩和北飞的人分头押到了外面的两辆警车里,把他们拉到了警察局。然后,胖警察叫他俩和北飞的人各自在一个房间里写了事情经过,签好字就让他们走。老张因为吃了两支藿香正气水,药性突然开始发作,中间又是想呕吐又是拉肚子的,去了好几次厕所,所以完成得比较晚。当他们离开警察局的时候,北飞的人已经走了很久了。

他们走出警察局大楼的时候,天色也已经是黄昏了,路边的白杨树哗啦哗啦地响着,刮过来的风也变成了凉风。但天空还是光芒四射,几乎像上午他们离开宾馆时一样蓝,似乎时间也被关到警察局里拘留了似的暂停了。那个胖警察自始至终很客气,不仅在李果他们写交代材料时叫手下送来了冰冻的杏皮水,还在他们走的时候亲自把他们送到了门外,问是不是需要他安排一辆警车把他们送回宾馆。李果正要答应,老张却一口回绝了他的提议,一副士可杀不可辱的模样。

"谢谢了,已经给你们添很大麻烦了。敦煌本地有我们德华的校友,我打电话叫他来接我们就可以了。"

老张可能要显摆一下德华的实力,真的拿起手机很高声地给曹总打了个电话,要他派辆车来接一下他们。这种小事情,曹总自然一口就答应了。老张略显得意地收起手机,对胖警察说,如果没有别的事情,他们就出去等车了。

胖警察倒是并没有介意,他笑笑对老张讲,有朋友来接很好,可如果朋友住得远的话,也可以不麻烦朋友专门开车过来。其实,飞天宾馆离这里也不远,他们走回去用不了多少时间,顺便也可以看看敦煌的街景。他只是很希望他们经过了这番折腾后能多招几个敦煌的学生,他知道德华是个很好的上海的大学。而且,他还补充说,刚才他送北飞的老师出来的时候,说的也是这句话,希望北飞能多招点敦煌的学生。这让老张和李果感到多少有点哭笑不得。

从警察局出来后,他们往前走了几步,有意离大门远点。老张因为肚子有点不舒服,就干脆坐在了路边的一个花坛的矮矮的水泥沿上。可能是他穿得西装革履的,就这么直接盘腿坐在花坛边,有点奇怪,经过的路人纷纷看过来,但老张盯着自己的手机,根本看也不看路人一眼。过了一会,李果看到曹总的那辆黑色的奔驰开了过来,就站起来挥了挥手。开车的还是邓师傅,车在路边停下来后,李果就和老张拉开车门上了车。邓师傅没注意到他们有什么异样,告诉他们曹总说今晚因为有安排,所以不能亲自来接他们。老张说没事,让他回去谢谢曹总的好意,他们忙碌了一天,也需要休息。邓师傅很快就把他们送回了飞天宾馆,临离开时,他特地从车窗探出头来,对他们讲曹总说了,这几天他们如果需要用车,可以随时与他直接联系,不要客气。老张再次向他和曹总表示了感谢,然后不等他开车离开,就转身和李果推开了宾馆的玻璃旋转门。

今天确实太辛苦了。老张在电梯上与李果分别时,本来讲回去洗个澡再出来找个地方吃晚饭,可后来李果洗好澡打电话问他时,他痛苦地呻吟说自己可能是藿香正气水喝多了,回来后就一直蹲在马桶上拉个不停,现在一点胃口也没有了,李果要吃就自己去吃吧,他不吃了。李果想老张狂拉肚子不只是因为喝了两支藿香正气水,很有可能也是吃了太多的气势蛋糕把自己给吃坏了。他自己其实吃的气势蛋糕也不少,更是没什么胃口,再加上也是累得不行,就穿着还有很多沙粒的衣服倒在床上一头睡了过去。

第十四章

可是,没过多久,李果在蒙眬中忽然听到有人在砰砰砰地敲门,他以为是在做梦,就没有睁开眼睛,但敲门声越来越大,似乎还有人在叫他的名字,他猛然意识到自己不是在做梦,而是真的有人在敲自己的房门。他忙睁开眼睛,看到窗外依然明亮,敞开的一扇窗子边,白杨树的叶子绿意盎然,天空也只是比刚才暗了一点而已。他抓起手机看了看,才发现自己闭上眼睛连十几分钟都不到。门还在砰砰砰地响着,他想是不是老张又有什么事了,赶紧到门廊去开门,可打开门的一刹那,他又想是不是对门北飞的人来挑衅,赶紧探头到猫眼上朝外面看了一眼。

李果这一眼不看还好,看了真是让他差点眼睛珠子都跌出来,原来外面站着的竟然是上海工大的麻脸哥。他赶紧打开门。

"哦,请进,请进,老兄怎么有空来找我玩啊?"

"唉,出事了,出事了。"麻脸哥哭丧着脸,进门就朝里面走去。

"坐坐,你喝茶还是咖啡,我马上烧点水。"李果关上门,转身从旁边的立柜上拿起电热壶准备去厕所里接点水。他感觉麻脸哥似乎受到了重创,圆领衫背上印着的那个工大的齿轮校徽像磨盘一样压得他的腰都有点弯了。

"我想喝酒,最好是白酒,你有没有?"麻脸哥像条被打断了脊梁的狗一样,倒在了靠窗放着的沙发上。

"酒?白酒我是肯定没有的,对了,这个小冰箱里应该放有啤酒的,我来看看,有的话马上请你喝。"

李果打开立柜下的冰箱,果然看见里面放了几听啤酒。他突然也酒瘾大发,就拿了两听,递给麻脸哥一听,自己也开了一听,坐在麻脸哥对面的沙发上,砰地拉开啤酒易拉罐的拉环。

"怎么了,刚才你说出事了,出什么事了?"李果喝了一大口冰镇啤酒,感觉很爽。他想十有八九麻脸哥今天早上吹牛锁定的那个学生鸡飞蛋打了。

"唉,你不知道,我今天真是气死了。我昨天谈好的那个阳关中学的男生,被之大的人抢走了。"麻脸哥脸色铁青,喝了口啤酒后,似乎才正在恢复正常的颜色。

"你说的是哪个学生?"李果假装不认识他说的那个学生,又喝了一大口啤酒,感觉冰镇啤酒真是沁人心脾。

"就是那个,那个就是,你忘记了,就是那个想学土木的学生。"麻脸哥有点不好意思地说,这下他的脸色变红了,一下子正常了许多。

"对对对,想起来了,这个男生开始想报我们德华的土木来着。"李果感觉自己终于出了口气,不过,他看着麻脸哥实在可怜,也不便再继续嘲他,"可我不明白,之大怎么能抢走他呢?

之大排名虽然高点,可是工大和我们德华一样,大家都在上海,有地域优势啊?"

"老兄不知道,之大的人路子很野的,他们给了那个学生重奖,据说有几十万,家长见钱眼开,就准备叫孩子报之大了。"

"几十万?"李果差点把嘴里的啤酒喷出来。

"对,到底几十万不清楚,我打电话怎么问学生家长,他都不肯说,只是说我们工大不可能给的。我猜二三十万肯定有的。"

"那么,你们工大可能给吗?你们也可以给点钱不就搞定了吗?"李果好奇地看着气得手都在颤抖的麻脸哥。

"怎么可能?工大又没之大有钱。之大在浙江一校独大,浙江又超级富裕,把钱都给了之大。哪像我们上海,学校多,工大、震旦,还有你们德华,都如狼似虎的,上海的钱再多,也不够大家分啊。"麻脸哥叹了口气,歪倒在了沙发上,有种回天无力的感觉,"我自己又穷得要死,不然,我非出钱搞定这件事不可。"

"是啊,我们这些青椒,有什么钱,不饿死就好了。"李果看到麻脸哥痛苦的样子,开始同情起他来,"那么,也只好算了,大不了再找别的合适的学生,今年阳关中学考得不错,你们肯定还有别的对象。"

"话是这么说,可我就是咽不下这口气。"麻脸哥突然从沙发上坐起来,又喝了一大口啤酒,"要是有钱就能乱来,那这个世界没有真理了。我就不信这个邪，告诉你，老兄，我今天实在气不过，就找了我们上海的纸老虎新闻网的朋友，把之大的这个招生的事情曝光了，让大家来看看谁对谁错。你看到了吧，今天这个新闻朋友圈都刷屏了，就是我爆料的。"

"是吗？这我倒不知道，今天太忙了，我都没时间看朋友圈。"李果有点震惊，真是人不可貌相，没想到这个麻脸哥看起来有点猥琐，可还有这么血性的一面。上海的纸老虎新闻网这些年来因为喜欢曝光各种内幕，极大地满足了网络时代人们的八卦之心，所以声名鹊起，一旦打开就让人爱不释手，有一种一个人蹲在马桶上偷看黄段子的暗爽。他不禁有点遗憾，早想到这一点，他和老张今天也应该把北飞的招生丑闻给曝光了。

"你手机呢？打开朋友圈看看，肯定可以看到。"麻脸哥突然得意起来，看看他的手机没有在手边，就把自己的手机递过来，"你看我的也行。"

"不用，我手机就在床上，拿过来就可以了。"李果立即站起来，到床头把手机拿了过来，"可你这么做，有用吗？"

"管它有用没用，关键是我要出口气，叫之大知道我们工大不是好惹的。"麻脸哥把手里的易拉罐一把捏扁，扔到了茶几旁的垃圾桶里，"冰箱里还有啤酒吗？"

"有，你去拿好了。"李果已经打开了朋友圈，果然发现大家都在转发纸老虎新闻网的有关之大招生的特大丑闻，他迅速点开了一条，几乎不敢相信自己的眼睛，教育部竟然发文点名警告之大,不允许之大以及其他高校在高考招生中对考生进行金钱诱惑。他看了看气呼呼地拿着一听啤酒坐回来的麻脸哥,感觉他可能还不知道这个爆炸性的消息。

"快看朋友圈,你的爆料惊动教育部了,教育部已经发文批评之大了。"

"在哪里?刚才我来你这里时还没有。"麻脸哥有点将信将疑。

"可能是最新的消息,你快看手机,我朋友圈里的人都在转。"李果干脆把手机递给他,让他直接看,"你看,我已经打开了,就这篇文章。"

"痛快!教育部说得太好了!我们毕竟是社会主义大学,要以人民的利益为导向,不能搞资本主义大学以金钱为导向的那一套!"麻脸哥拿着李果的手机边从沙发上直起身子大声朗读教育部批评之大的通报,边举起手里的啤酒往嘴里倒了一口,可什么也没倒出来,他忽然发现忘了拉开易拉罐上的拉环,"好了,不喝了,够了,再喝我就不是借酒浇愁了,是借酒撒疯了。"

"没事,喝吧,值得庆贺!"

"那我就谢谢老兄了。"麻脸哥拉开易拉罐的拉环,往嘴里倒了好几口才抹了抹嘴放了下来,"说真的,老兄,不怕你笑话,我还从来没有干过这种上不了台面的事情,可今天实在是太生气了。"

"理解,这种事情谁遇到都会生气的。"

李果忽然觉得麻脸哥这个人还挺真诚。他忽然感到他与老张今天在鸣沙山和北飞的人闹的那一场，也多少有点荒诞。他们也好，北飞的人也好，做的事情也都不是很光彩，用麻脸哥的话讲，就是有点"上不了台面"。

"对了，你们今天情况怎样？"麻脸哥问。

"我们今天也很荒唐。"

李果正要对麻脸哥也坦率地讲讲他们今天和北飞发生的闹剧，麻脸哥突然抓着手机站了起来，伸手示意他不要说话。

"是王同学的爸爸啊，你好，你好，什么，之大老师说他们经过慎重思考，觉得你的孩子不是很合适，这不是屁话吗？！对不起，我说粗话了。我是说，之大这么做实在太不像话了，太轻率了，出尔反尔。我之前就讲，之大不是很靠得住的，浙江人，不像我们上海人那么讲信用的。好好好，我这就来和你们见面，我们再好好商量一下，孩子的前途重要，我辛苦点没什么。"

麻脸哥挂上电话，转头对李果嫣然一笑，脸上的每个麻点都好像变成了玫瑰花。

"老兄，抱歉了，不能再陪你喝酒了，我得立即去见那个同学和他父亲。刚才我接电话，你也听到了，之大知难而退，不敢再录取那个学生了。这次教育部出手主持公道，真是摧枯拉朽，谁敢再造次？我刚才就说，钱不是万能的，不能因为自己有点钱就膨胀，觉得自己是老大。这样，我得赶紧走了。老兄，回上海，我一定请你大喝一顿，别客气，到时我做东，我们工大和德华原来就是兄弟院校，大家应该多来往才是。"

"没问题。你先去忙，先去见那个学生和家长。他们现在肯定也没方向了，之大这么搞了一下，像过山车一样，肯定吓也要把他们吓死了。"

"好，那我就不啰唆了，有时想想，学生和家长也很可怜。孩子分数考低了，怕考不上，考高了，又不知道去哪个学校好，担惊受怕的，也不容易。"麻脸哥边向门口走，边回头对李果摇头，"我这就去和他们见面，如果他们再担心，我就干脆叫他们选择你们德华。"

"那太好了。真要是那样，我们德华要谢谢你了。看来我这酒也没白请你喝。"

"客气，客气，这都是你请我喝酒带来的好运气。"

麻脸哥拉开门，转身走了。

李果忍不住笑了一下，感到麻脸哥脸上的麻子似乎并没有之前那么多了，好像人也没有那么讨厌了。

第十五章

麻脸哥走后,李果并未重新上床休息,可能喝了点啤酒,他倒是兴奋起来,不仅睡意全消,人好像也不是那么累了。他本来以为今天他和老张跟北飞的人折腾得够厉害了,可没想到麻脸哥和之大的人竟然闹到了网上,最后惹得教育部也出面了。相比之下,他们和北飞之间发生的那点摩擦只能说是小儿科了。不过,由此看来,今天大家谁都没闲着。毕竟从考生分数公布到填志愿,只有这么短短的三天时间,如果这几天不能锁定目标学生,到时候就很可能被剃光头了,所以,每个学校的人才都这么着急,才都这么无所不用其极。

李果感到有点饿,他把那听剩下的啤酒喝掉,准备到厕所洗个脸,漱个口,想要不出去吃点东西。可当自来水的凉水浸在脸上时,他脑子里忽然激灵了一下。在警察局的时候,老张曾对先走的那几个学生说今天回来会给他们打电话的,不知道老张还记不记得这件事。但老张到现在还没有对他提起这件事却是真的。他感觉有点不妙,忙从厕所出来。他看看窗外,天色已经暗了下来,路灯也已经在白杨树下亮了起来,让树叶变得像碧玉一样玲珑剔透,而且树叶还在风中轻轻摇摆,似乎传来了环佩叮当的声音。但他顾不上多想,赶紧找出一件衬衫把身上那件皱巴巴的总觉得有沙粒的德华圆领衫换掉,回身从门廊的卡槽取出房卡,赶紧下楼去找老张。

到了老张的房间前,李果按了一下门铃,等老张来开门。不过,老张可能是睡着了,房间里似乎静悄悄的,一点响动也没有。昏暗的走廊上也很安静,一个人也没有。他又叮咚叮咚地一连按了好几遍门铃,可老张还是没有动静。他只好拿起手机拨通了老张的手机,但是他耳边除了一遍一遍的回铃声外什么也没有。他想老张十有八九是手机静音了,如果这样,就是给他打一百遍电话他也听不到。他放下手机,举手拍了拍门,又大声喊了几声老张,可效果适得其反,不仅老张还是没有回音,还惊动了隔壁房间的客人。有个人打开门,探出半个身子看了他一眼,李果发现,原来是穿着山寨阿玛尼圆领衫的之大的老师,他忙说了声"对不起"。

"没关系,你是找上海德华的张老师吧,是不是房间里没人啊?"

"哦,不清楚,刚才按门铃没人应答,所以就敲了敲门。不好意思,打扰了,我再给张老师打个电话吧。"

"好,你要是不着急,可以到我房间里坐坐,等张老师回来再说。我是之大的老师,我和张老师认识。你要是有什么问题需要咨询,不介意的话,问我们也行。之大和德华都是兄弟院校,我们的情况差不多。"

"谢谢，不用了，我没什么事，不急的，等下我再来就是了。"

李果忙向这个热情的之大老师摆了摆手。他猜这个之大的老师之所以这么殷勤，很可能把自己当成是哪个考生的家长了，可问题是自己有那么老吗？看来之大老师的招生激情不仅没有因为被教育部点名而熄灭，反而愈发高涨，烧昏了头。那个之大的老师看见他态度很坚决，只好点点头回身关上了门。

但老张房间里还是什么声音也没有，这更加让李果觉得诧异。他甚至突然想，老张是不是对藿香正气水过敏，拉稀拉得脱水不行了。如果真是那样，那得叫120来抢救他才行。不过，当务之急还是无论如何要打开老张的房门。李果立即转身下楼到大堂服务台，请服务员帮他打开老张的门。服务员听他的描述，也有点紧张，马上打电话叫来一个小伙子陪着他上楼帮他打开了老张的房门。

小伙子很负责，用房卡刷开房门后，特地推开了一条缝，以确认门确实打开了。李果谢了谢他，等他走后转身推门走进了房间。门廊还有屋里的灯都亮着，床上的被子揉成了一团，扔着老张那件已经不成样子的高级西服。果然，他看到老张的手机放在床头柜上，可老张本人却依然不见踪影。他有点紧张，正要叫两声老张试试，忽然听到了厕所里传来马桶的哗哗啦啦的冲水声。他瞬间顿悟过来，老张在厕所里。自己刚才进屋时太急了，没有想到推开旁边的厕所门看看。

"你过来了,刚才你敲门叫我时我听到了,可我在马桶上起不来,我答应了几声,可是隔着厕所门,可能你也听不到。"

李果看到老张提着裤子弯着腰从厕所里一步一晃出来,感觉他像经历了一场生死大搏斗的武林高手一样受到了强烈的内伤。他的衬衫胡乱扣着扣子,只有一个角扎在裤子里,那一缕头发萎靡不振地耷拉在苍白的脸上。他双眼无神,说话有气无力,人也很虚弱,直到靠上床头坐在床上后才不再喘息。

"你现在还好吧,严重不严重?"

"还好,就是肚子疼得厉害,一连拉了好几次。"老张拉过被子盖到了肚子上。

"要不要我去给你买点黄连素或者别的治拉肚子的药?"

"不要麻烦了,我拉得差不多了,估计再拉也拉不出东西了。也是难得,就当成是一次免费灌肠吧。"老张的神色似乎恢复了一点,又神气活现起来,"对了,你找我有什么事?"

"也没什么大事,我也是突然想起来,我们在警察局时你好像对那几个考生说过今天还要和他们联系的,不知道你联系了没有?如果没有,我就来给他们打电话,你好好休息一下。"

"哦,我一回房间就给那几个学生的家长发了短信,刚才上厕所时还没有收到一个人的回音。我再看看。"老张侧过身子一手捂着肚子一手拿起了床头柜上的手机。

"对了,还有个事情差点忘了告诉你,刚才工大的麻脸哥来找我哭诉,说他锁定的那个阳关中学的考生被之大用几十万的奖学金抢走了。"

"是吗？之大金钱攻势这么厉害！可也能理解，钱是人生的刚需，如果之大给我几十万，我也去了。"老张边看手机边心不在焉地回了一句。

"我话还没说完，就在刚刚，就在我来找你之前，教育部发文点名批评之大招生中的这种不正之风了，他们已经把那个阳关中学的考生吐出来了，明确表示不再录取他了，所以，这个考生的家长又来联系麻脸哥了。"

"是麻脸哥捣的鬼吧？"老张抬起头，像僵尸复活一样眼睛一下冒出火花来。

"对，他对我说是他向媒体爆的料。这下之大可能要吐血而亡了。"

"不会，之大脸皮很厚的，他们最多吐出拿了钱的考生，装装样子。"老张打了几个响指，兴奋起来，"不过，之大一下子把已经锁定的学生吐出来，肯定会引起连锁反应。他们肯定不会只给一个学生奖学金，只要有个两三个学生被吐出来，那么，对大家应该都很有好处，可能对我们也有好处。这就叫人算不如天算。"

"那我们接下来该怎么办？"李果觉得老张的脑子转得太快，有点跟不上。

"你看，说来就来，有家长来信息了。"老张突然盯着手机直起腰来。

"哪个家长？"

"那个戴眼镜的女孩的妈妈。我给她和她妈妈都发了短信，但一直没回。"

"昨天我们不是和她妈妈聊过，她想叫女儿学会计可女儿却喜欢学医来着？"

"对，可是她说想来找我们再来谈谈，估计有变化了。可能是之大吐出学生后开始起化学反应了。"

"那很好啊。"李果也兴奋了起来，有一种在股票市场参与多空搏杀的感觉，"在哪里谈呢？"

"她们说过会就来宾馆找我们。可房间里太乱了，到大堂吧，大堂有个咖啡吧，好像没什么人。"老张一把掀开被子，挣扎着下了床，"你先去找个合适的位置，我换换衣服马上下来。老话讲，百鸟在林，不如一鸟在手。我们无论如何先锁定这个学生再说。"

第十六章

李果立即到了大堂里灯光柔和的咖啡吧。果然，里面除了吧台后的两个服务员之外，空空荡荡的没有别人。他估计是因为大家为了谈话方便，可能都把学生和家长约到自己房间里去了。老张反其道而行之，倒也是恰得其所。天已经完全黑了，透过落地的玻璃窗，可以看到外面的街道灯火通明，因为没有人，也没有放音乐，咖啡吧很安静，很适合谈话。他靠窗找了个四人的位置坐了下来。一个女服务员拿着饮料单过来，问他来点什么。他接过来看了看，想了想，如果这个时间他再陪着老张装上海人喝咖啡的话，他可能要和老张相伴到黎明了。今天他们的咖啡因摄入量显然已经有点爆头，以至于现在他看到"咖啡"两个字后脑勺都有点隐隐作痛。他就自作主张要了四杯三炮台。

茶刚泡好端上来，李果就看到昨天见过的那对戴眼镜的母女正站在咖啡吧外面的大堂里朝这边东张西望，他就站起来向他们招了招手。她们回头左右看了看，就走了过来。李果招呼她们坐下，很客气对她们说已经叫了三炮台，如果要喝别的，他可以再问服务员要。眼镜母亲忙说这样就很好，而且她们刚吃过晚饭，在家里喝过水了。眼镜女生还是穿着蓝白色的校服，刚坐下来就拿着手机站了起来,转头对妈妈说,奶奶和爸爸来了,她去接一下。李果没想到她们竟然还带了人来,又赶紧拉过两把椅子。

看着小姑娘跑到大堂门口去接人,李果不禁有点紧张,老张到现在还没有下来,要他一个人应付这么多人还真有点心里没底。很快小姑娘就搀扶着一个白发老太太的胳膊走了过来,后面跟着一个整整齐齐穿着白衬衫和黑西裤像是公务员的中年男人,手里提着一个纸袋。李果正准备也走出去接一下他们,却看到老张焕然一新,精神抖擞地穿着他讨厌的那件德华圆领衫突然出现在他们身后,而且他的那缕头发也被精心打理过,在额头上画出一道像月牙泉一样的优美的弧线,刚才萎靡不振的形象一扫而光。这让李果感觉老张颇有一种奋不顾身、孤注一掷的感觉。他也顿时产生了成败在此一举的悲情。他立即离开咖啡吧向老太太他们几个人迎去,边问戴眼镜的小姑娘这个老奶奶是谁,边弯腰伸手搀住了老太太的另一只胳膊。

"老师好,这是我奶奶。"小姑娘又对旁边的那个中年男人扬了扬头,"这是我爸爸。"

"奶奶好,你孙女很优秀啊。"李果还没来得及反应,老张突然扑了过来,对老太太问了个好。

"哪里,老师客气,我就是有点不放心,所以也跟来听听,麻烦你们了。"

"不好意思,我母亲很疼我女儿,听说我们晚上要找你们咨询,而且特别听说你们是上海德华的老师,就一定要来见见你们。"小姑娘的爸爸略微抱歉地解释了一下,"我父亲是上海人。"

"真的吗?那阿拉是老乡啊,阿拉都是上海人啊。"老张如获至宝,马上用上海话很夸张地套起了近乎。

"不过,很遗憾,我父亲前几年就去世了。"小姑娘的爸爸对老张点了个头。

"这样啊,没事,有这样漂亮懂事还聪明的孙女,就是九泉之下他老人家也会老开心的。对不对,老奶奶?"

李果感觉老张简直就是个变色龙,见人说人话,见鬼说鬼话。

"是的,是的,老师说得真好。我们莉莉啊——对了,这是我孙女的小名,叫习惯了,一下改不过来了。我们莉莉这孩子心地很善良,她对我很好的,她很孝顺的,她妈妈身体不好,她就想去念医学,以后读了博士,去当医生,好给妈妈治病。"

老太太边说边坐在老张给他拉开的一把椅子上。她大约七八十岁,穿着很得体,身体也很硬朗,耳不聋眼不花的,而且讲一口很标准的普通话。

"请问老奶奶你是哪里人啊?也是上海人吗?"

等大家都坐了下来,李果又叫服务员加了几杯茶,然后转身坐到了老奶奶旁边。

"我是天津人。"

"天津人?"老张这次是真的有点惊讶了,"你和你先生一个是上海人,一个是天津人,真是千里姻缘一线牵啊。"

"哈,是啊,我母亲活着的时候也这么说,她说我就是因为要和我先生结婚,所以才不肯听她的话,拼死拼活也要离开天津到敦煌来的。"老太太爽朗地笑了。

"这是怎么回事?"

"我母亲和我父亲都是五十年代响应国家号召来敦煌支边的。当时他们都是初中高中刚毕业就来了,我母亲先从天津来的敦煌,我父亲在兰州接受了师资培训后,被分配到这里做中学老师,遇到我母亲就结了婚。"莉莉爸爸很客气地对老张简单介绍了一下家里的情况,"我在环卫局工作,这阵子我们要创建国家卫生文明城市,事情太多,一直在加班,实在走不开,所以,昨天没能到阳关中学去见你们。"

"没关系,来得及的,今天你们都来了,而且奶奶也来了,就行了。你们有什么问题都可以提出来,既然我们是上海老乡,也就不要再客气,我们一起交流一下,我保证,我们肯定是知无不言。"老张像中央领导人一样,抓起老奶奶的一只手拍了拍,"老奶奶更是不要客气,孙女上大学是件大事,不能马虎的。"

"对的,我也是这么想的,所以,听说莉莉想到你们德华去读大学时,我很开心的。我家老头子以前也对我念叨过,他如果当时不来敦煌支边,在上海念大学的话就想念德华的,他还讲德华是德国人办的大学,很严谨的,而且医学也很好的。"

"确实是这样的,德华的名字就有个德国的德啊。不过,老奶奶,大家既然是自家人,我也要讲实话。德华的医学院五十年代的时候也是像你们支边一样,为了支援内地,迁到武汉了。可前些年我们又复建了医学院,关键是我们还立即恢复了和德国的医科大学的关系,学生到德华后就学德语,到时候可以直接到德国留学。所以,老奶奶,说真的,莉莉如果愿意选择德华的医学院,比到其他学校的医学院读书,要划算得多。"

"这个我懂的,德国科学都很发达的。我们兰州的黄河上有座铁桥,就是德国人造的,都一百多年了,质量还是很好。"老太太点点头,对老张的话表示认可,"我是很希望莉莉去上海读书的,不说别的,我们老头子家那边还有很多亲戚可以照顾她的。"

"妈,我也不是反对孩子到上海,到德华读书的,我只是觉得女孩学个会计找工作比较容易,再说也没学医那么苦,学医要学很多年的。"莉莉妈妈推了推鼻梁上的眼镜,耐心地对老太太解释了一句。

"苦怕什么,年轻人不怕苦的。当年我十六岁,和同学从天津来敦煌建设边疆,又是火车又是汽车的,路上走了半个多月,有时几天几夜都不怎么睡,人也不觉得有什么累的。而且,火车过了兰州,一路上不是戈壁滩就是沙漠,除了骆驼刺和芨芨草什么也没有,很荒凉,在火车站看到比我小不了几岁的姑娘要饭吃,破衣烂衫的,浑身露肉,也不觉得有什么可怕的。那时候敦煌也很荒凉,你们是没经历那个苦,我们在农场里劳动,沙尘暴比现在大多了,遮天蔽日的,沙粒刮在脸上,用毛巾蒙在脸上还打得脸疼,我们不也都熬过来了?我就看不惯现在年轻人动不动就怕苦的思想。"老太太显然对儿媳妇的这个话不是很满意。

"妈,你说的这个我们都知道,这个苦不苦的,我们倒不是很在意,如果真觉得苦,我们早离开敦煌了,也不会心甘情愿地留在这里做支二代了。我们只是对孩子的年龄有点顾虑,莉莉学医的话,可能时间比较长,要是读到博士,最起码十一二年。"莉莉爸爸看老太太有点不高兴,赶紧向她解释了一下。

"莉莉要是能读博士不是挺好吗?!莉莉真要是读了博士,我做梦也会笑出来。"老太太嘟囔了一句,好像对儿子的话也不是很满意,自己端起茶杯,揭开盖碗,很响地喝了口茶。

"我母亲这个人性格比较直爽,两位老师不要介意。其实,我们和我母亲之间的意见基本是一致的,我们都是很希望孩子去德华读书的。北飞今年在我们这里招会计,也希望莉莉选择北飞,可我们不是很想让莉莉去北京。而且,就在刚才来见你们之前,之大也联系我们了,可莉莉奶奶,还有我们,也都还是希望她能到上海去。可就是你们今年不招会计,我们有点为难,不然,我们就确定报考德华了。"

"这怎么说呢,这也确实是个问题,关键是我们的招生计划不能改变,如果可以改变,我们也很愿意满足你们的愿望。不过,其实,现在报什么专业不是说以后就必须一直学这个专业的,到学校后再转会计也是没问题的。"

李果很奇怪在这样一个紧要关头,最需要老张的时候,他竟然没有插话进来。李果只好转头看了老张一眼，对他清了一下嗓子，暗示老张该他出手了。可老张对他的提示置若罔闻，依然沉默不语。他坐在旁边，眉头紧皱，神色凝重，一只手捏着下巴，似乎在对他们的话进行深刻的思考，以找出解决的办法。

"对的，我昨天也是这个意思。而且，昨天我也说过，德华今年改革了，允许学生进校一年后零门槛转专业，所以，你们尽可放心。"老张沉吟了一下，额头竟然冒出了几滴汗珠，忽然一手揉着肚子一手抓着手机从椅子上站了起来，"对不起，我要接个电话。"

李果立即反应过来，老张又要拉稀了，他说接电话只是个幌子。果然，老张连走带跑几步迈出咖啡吧，向大堂的厕所一路奔去。李果赶紧把身子支起来侧了侧，想挡住眼镜妈妈的视线，以免老张露馅。他很担心老张控制不住自己，那就麻烦了。那老张还得回房间换裤子，留下他一个人对付这么多人，他很怕自己会力不从心。真要是到时候他不小心谈崩了，老张可能倒在马桶上痛苦地把自己拉死也说不定。

老张突然离开后，大家一下沉默了下来。过了一会，老张还没露面。李果怕再冷场下去不好，他看了看莉莉的爸爸妈妈，还有奶奶，就端起茶杯喝了口茶，清了清嗓子，开始没话找话。

"我们大人讲了这么多，也听听孩子的想法，好不好？莉莉，你说除了会计、医学之外，还有喜欢的专业吗？"

"这个，有是有的，就是我怕说了爸爸妈妈笑话我。"莉莉左右看了看爸爸妈妈，吐了吐舌头。

"哈哈，没事的，你爸爸妈妈，还有你奶奶，肯定都很尊重你的想法的，毕竟是你去读大学啊。你爸爸妈妈还有奶奶最多只能把你送到德华的门口，以后的学习还要你自己来的。"李果只好没话找话，等老张回来。

"我比较喜欢用手机拍点视频什么的，所以，觉得新闻传播这个专业也不错。"莉莉看看李果，"老师你觉得呢？"

"莉莉，你是不了解社会，现在电视台和报社都发不出工资，三天两头求着我们给他们做广告，好赚点钱。你要是学了这个专业，以后估计也很难找到工作的。"莉莉爸爸立即插了一句。

"我就知道你们会不喜欢的，所以我才不愿意讲啊。老师你可以说说你的意见吗？"莉莉转头又来问李果。

"莉莉，这一点，我是赞成你爸爸妈妈的意见的，新闻传播这个专业我也是不建议你学的。这个专业其实没什么很硬的东西，像写个新闻，剪个视频，完全可以自学。而且，你爸爸说的情况也很重要，现在不只是敦煌，上海的媒体也都很不景气，电视台、报社的收入也都不是很好，还都在裁人。你们知道，像震旦新闻系是比较有名的，可学生毕业就失业，绝大多数人也都不得不改行。大学就那么几年，还是应该像你妈妈讲的那样，要学个比较硬的专业，像会计啊，医学啊，都很好，这样的专业毕业了不愁找工作。"

李果还没来得及回答莉莉的话，老张忽然坐到了自己的椅子上,接着话头讲了起来。他看了老张一眼,感觉他似乎已经恢复了,讲起话来逻辑清晰,滴水不漏。

"就是,我也是这么想的,老师讲得很实在。会计是个万金油专业,不管是政府机构、公司,还是学校都需要的,只要和钱打交道,都离不开的。"莉莉妈妈听老张这么说,感到很高兴。

"不过,医学也很好,莉莉选择医学也是对的。只要是人,不管是谁,百万富翁也好,中央领导也好,都免不了生病,生病了就离不开医生。"李果也赶紧跟了一句。

"就是,你看,到底是大学的老师,话说得就是有理。我也觉得当医生和当老师最好,老师教人学知识,医生给人治病,都是为了叫人过上好日子。"老太太的情绪也再次高涨起来。

"妈,我说了,我不是说学医不好,就是学医时间太长,莉莉要是读博士学出来都要快三十岁了,还没成家,对女孩不是很好。"

"这倒是,我和你爷爷结婚的时候还不到二十岁呢。"老太太掐着指头算了算,转头对莉莉说,"女孩也不能结婚太晚。"

"原来是这样啊,莉莉妈妈,你怎么不早说?如果你们是担心这个问题,我倒是觉得完全可以放心。"老张端起茶杯,揭开盖碗,吹了吹飘出来的热气,慢慢地喝了几口茶,"我来说说理由,莉莉不要脸红啊,这个信息对你比对你爸爸妈妈更重要。第一,德华是工科大学,男女生比例悬殊,女生在德华,基本上都是大熊猫级别的,对,用现在小朋友的话来说,都是女神级别的,所以,很不容易不恋爱。第二,这个可能你们不知道,学校不仅不禁止同学们谈恋爱,还鼓励恋爱,而且,允许大学生在校结婚。第三,也是最重要的一点,我说这个话希望奶奶不要介意,莉莉长得很像奶奶,虽然戴着眼镜,可看得出来,很漂亮。既然奶奶那么早就把爷爷给吸引了,那莉莉到德华去,只要'守株待兔'就可以了,到时候肯定会有很多优秀的男生'自投罗网'的。"

老张的话刚说完,莉莉就咯咯咯地笑了起来,老太太也乐得合不拢嘴。

"那是,现在老了,满脸皱纹,当年我年轻的时候,是有很多人都追我的。"

李果看到莉莉的爸爸妈妈互相看了看,估计老张这番话对他们产生了作用,他们的态度好像也开始变化了。

"倒也不是说叫孩子到学校去谈恋爱,毕竟读大学,主要任务还是学习。"莉莉爸爸也笑了。

"你们看,有没有这样一种可能,孩子可以先报医学,进德华大门,一年后,看看孩子自己的感觉,如果觉得学医不是很适应,就转学会计。"李果趁机把话挑明了。

"对的,你们可以考虑一下这个方案。而且,我这里也愿意做个小小的承诺,如果莉莉到时候想转专业,学会计,遇到问题,可以直接与我联系。"老张认真地对莉莉的爸爸妈妈说。

"那太好了,我们莉莉就报你们学校了。"老太太伸手拍了老张的大腿一下。

"奶奶真是个爽快人。不过,不用急,还有明天一天时间,你们全家人再好好考虑一下。"老张很诚恳地说,"孩子学什么专业确实很重要,对自己也好,对家里人也好,都很重要。但家里要是有个医生,总是好的。"

"好的,谢谢,我们再回去好好考虑一下。不好意思,聊了这么久,耽误你们休息了。"

莉莉爸爸看了莉莉妈妈一眼,很客气地站了起来。莉莉也扶着奶奶起身。老张忙拉开奶奶身后的椅子。

"差点忘了,这是带给你们的,里面是李广杏,是我们这里的特产,你们尝个新鲜。"莉莉爸爸把放在地上的纸袋递给李果。

"哦,不用客气,我们平白无故地收你们的礼物也不好。"李果觉得有点突然,看了老张一眼。

"没别的意思,就是一点小心意,你看你们陪我们讲了这么多话,吃几个润润嗓子也是应该的。"莉莉妈妈忙转头对老张笑了一下,"再说,也没几个钱的。"

"好,那就恭敬不如从命了。不过,我们李老师说了,我们这个礼物可不是白收的,无功不受禄,莉莉得报我们德华才行。否则,这个李广杏我们吃起来也不甜。"

莉莉爸爸、妈妈,还有莉莉和奶奶都笑了起来。

老张示意李果接过那袋李广杏。然后,他们边走边谈,把这一家人送到了宾馆门外,看他们开车离开后,才转身回到大堂。

"看来,基本上搞定了。"老张长吁了一口气,"刚才王主任还发信息问我德华的招生情况怎样,我等下回房间后马上再给王主任打个电话,麻烦他也做做莉莉家人的工作,把这个学生彻底定下来。事成的话,今年我们一定请王主任来一趟德华。"

"这样最好。我们只要能抓住莉莉,就不虚此行了。对了,你刚才向莉莉爸爸妈妈承诺莉莉转专业的事情,没问题吧?"

"没有问题,一是学校本来就明确今年的学生一年后可以无门槛转专业,政策放在那里;二是就是有问题,也不会有多大。而且,将心比心,我们本来确实也应该对录取的小朋友负责。他们一家人支边这么多年,也很不容易,两个老人家一辈子都献给了敦煌,更何况老太太先生还是我们上海人,他们的孙女想回上海爷爷家读个书算什么呢,应该满足的。所以,我是真心希望莉莉到德华来,这也算是我们替国家回报一下他们一家人吧。"

老张突然一本正经地侃侃而谈,让李果还真有点不适应,他没想到,老张竟然还有这么正能量的一面。

"那就好。还有就是,你刚才突然去打电话,是去厕所了吧?"李果按了电梯的按钮,嬉皮笑脸地问老张。

"看不出来,你小子还挺关心我。"老张哈哈笑了,"我当时突然肚子疼得直冒虚汗,话也说不出来,赶紧假装打电话去了厕所一趟。出来后我又到服务台旁边那个小超市买了包成人尿不湿,给自己兜了一块,这才解决了后顾之忧。不然,我怎么能和他们一起谈笑风生啊。不过,你这倒是提醒我了,我剩下的尿不湿还放在服务台呢,你先回房间,我去拿一下。"

"那你还吃不吃李广杏?"李果想起老张爱吃李广杏,就提起那袋李广杏问。

"你都吃了吧,我要是吃了,就是再买一包尿不湿也不够用。"

老张冲他摆了摆手,转头向服务台走去。

李果忍不住狂笑起来,直到进了电梯,还笑个不停,抹了好几次眼泪才终于止住笑。

第十七章

也许是这一天经历了太多折腾，太疲劳了，也许是最后莉莉一家人的突然出现，让人心里有了底，放松了下来，李果晚上这一觉睡得特别好。他竟然在梦里梦见自己边流口水边吃着金黄的李广杏，感觉非常香甜、非常愉快，因为梦境非常美好，他差点从梦里开心得醒了过来。

不过，第二天早上，李果又一大早就被老张的电话吵醒了，他刚接通手机就听到了老张中气十足的声音。老张好像不仅从昨天藿香正气水引发的治疗性的上吐下泻中走了出来，还从昨天北飞的那个酒糟鼻的贴身肉搏对他造成的伤害中走了出来。老张问也没问他是不是醒过来了，就叫他立即洗漱下楼，准备和他一起去阳关一趟。李果虽然从床上坐起来睁开了眼睛，可还有点迷糊，问是不是去阳关中学。老张说，不是，这次他们是去真的阳关——阳关镇，那里有个目标学生需要去见一下。他听到老张说是去见目标学生，赶紧像弹簧一样从床上跳下来，洗脸漱口一气呵成后，又换上了德华的圆领衫，拿了瓶矿泉水，就准备开门出去。

到了门口，李果忽然想起北飞的人就在对面，忙冷静下来贴在猫眼上看了看，走廊里似乎空无一人，对面的门也关得紧紧的。他忙轻轻打开门，又轻手轻脚地快步从走廊上向电梯口走了过去。他以为老张在大堂等他，可大堂里却没看到老张的影子。他正要给老张打个电话，看到老张又是西服革履地站在宾馆大门外的一辆熟悉的黑色的奔驰车旁向他招手，他立即推开旋转门走了出去。

走到老张面前，他才发现，老张鼻子上居然贴了个唐老鸭卡通创可贴。他问老张怎么回事，老张说酒糟鼻昨天那一巴掌还很厉害，因为戴着墨镜，墨镜镜框擦破鼻子的伤口还很深，虽然早就不出血了，可稍微皱个眉头就很疼，所以，他早上起来就向宾馆前台值班的小姑娘要了几张创可贴。可老张这么一贴，让人觉得怪怪的，很像个小丑。不过，老张自己并不觉得，他神情庄重，说完这个就拉开前车门坐了进去，李果也赶紧坐到了后座上。车子立即驶出了宾馆，拐上了外面的马路。

李果这才注意到驾驶座上的邓师傅，他戴了顶白色的棒球帽，被太阳晒得黑红的脸上还戴了副墨镜，可能是为了开车时防晒，他还是穿着件长袖衬衫，不过是黑色的，袖口也扣了起来。李果觉得邓师傅穿着还挺讲究，上次是黑色棒球帽、白衬衫，今天是白色棒球帽、黑衬衫，给人一种对称的感觉。

"邓师傅好！"

"你好，李老师，早上好！"

邓师傅回了他一句。

"今天我们要辛苦邓师傅了。"老张从自己带的包里掏出一包中华烟,放在前排座位中间的收纳盒上。"真是不好意思,这么早就把你叫来,等会路上累了抽根上海烟,提提神。"

"谢谢,张老师太客气了!你们是曹总母校的老师,这都是我应该做的。"邓师傅回头谢了谢老张,转动方向盘,在路口拐上了另一条街道,"再说,阳关离敦煌也不远,我们常去的,熟门熟路,不辛苦的。"

李果觉得老张真是考虑周到,无微不至。邓师傅看到那包中华烟后,明显人精神了很多,奔驰车跑得也更流畅、更平稳了。

"还没来得及对你说,昨晚半夜,我们兰州招生组的人给我打来了电话,说是玉门中学有个考生家长主动联系了他们,他的儿子考得不错,考了全省第101名。我们的名单上只有前100名的,所以之前没注意到这个学生,其实他的分数只比第100名差1分,也是我们的目标考生。招生组的人讲,他父亲对德华比较有兴趣,可是他和孩子妈妈都有事不在家,把儿子的手机号码给了我们,看我们是不是直接和他的儿子打个电话沟通一下,再做做工作。"

"这样啊,那你给那个考生打电话了吗?"李果打了个哈欠。

"还没有,现在时间还早,估计他还没起床。他父亲还讲,北飞的人昨天已经打了电话给他了,希望他今天能陪孩子来敦煌一趟,当面沟通一下,可是他正在上海出差,赶不回来。"老张扭过头看了他一眼,"他家住在阳关镇,离敦煌比较远,有几十公里。"

"懂了。我们现在提前赶到阳关,争取先见到那个考生,可以杀北飞一个回马枪。"李果立即振奋起来,"这就是以其人之道还治其人之身。昨天早上他们提前下手,把我们的目标考生打劫到了鸣沙山,今天我们也让他们措手不及一次。"

"对,来而不往非礼也。可现在我们的形势也不是很乐观,阳关中学的几个目标考生里,除了莉莉基本会选择我们外,其他几个学生可能昨天都被北飞的无人机给忽悠走了。昨晚我回到房间后,又给这几个学生的父母拨了电话,可与他们沟通时,他们都有点含糊其词,说会考虑德华的。所以,阳关的这个考生对我们很重要,如果能争取到,加上莉莉,我们就有了双保险,这样,我们起码不会像去年那样,在敦煌颗粒无收,而再让北飞的人剃个光头。"老张转身把一个面包和一瓶矿泉水递给他。

"谢谢。那我们多长时间能到?"李果接过面包和水。

"我刚才已经问过邓师傅了,60多公里,差不多要一个小时。"老张转头问邓师傅,"对吧?"

"对的,没问题的,一个小时可以到,路很好走的。"邓师傅点点头对老张又确认了一下,"有的地方不限速,我们可以开快一点。"

因为他们出来得早,敦煌城里的街道很空,转了几个弯后,车子很快就驶上了城外的公路。没过多久,公路两边的白杨树也好,胡杨树也好,就一棵也没有了。在道路左侧,可以看见空旷平坦的戈壁,远处则是连绵的黄色的沙山。右侧是一道与公路平行的建在垫高的路基上的铁路。太阳渐渐开始明亮起来，刚刚修过的黑色的两车道的柏油路就像一条闪光的绸带一样上下起伏着，在黄色的戈壁和沙漠中舞动。

李果忽然看到路边的戈壁滩上有一个用低矮的铁丝网围起来的道路纵横的开阔的场地，里面有不少绿色的军用卡车正拉着大炮在曲折的道路上行驶。场地那么大，他们的车走了很长时间还没有驶出这个似乎无边无际的区域。

"邓师傅，那里是什么地方？"他惊讶地问了一句。

"哦，那地方是部队的一个演习场。我们这里是戈壁，荒凉，没有人，所以，部队就拿来搞训练用了。有时碰上了，还可以看到他们打枪打炮的。"邓师傅头也不回地对他说。

看来，邓师傅对此早已是见怪不怪了。他的话音刚落，就像是给他的话做注脚，迎面开来了一长串绿色的军用卡车，这些卡车又高又大，几乎把半个路面都占用了。邓师傅忙把奔驰车往路边靠了靠，车子像被风吹了一下似的摇晃了一下，然后继续向前行驶。

"你们看，开车的人都很年轻啊，一看就是刚入伍的新兵，他们应该就是要去这个演习场训练的。你要是开车时见到他们，可一定要离他们的车远一点，他们很多人都是刚学开车，搞不好，方向盘一歪，就会把你撞到公路下面去的。"邓师傅似乎心有余悸，"我有一次要不是反应快，差点就被他们给撞上了。"

李果抬头往一辆一辆迎面驶来的军用卡车的驾驶室看了看，

果然那些坐在方向盘后的驾驶员都是穿着绿色圆领衫的小伙子,他们都留着平头,头发短短的,还都长着一张张年轻的稚气未脱的脸,和他在阳关中学看到的那些考生的脸真没什么两样。如果有差别的话,那就是这些小伙子的脸都已经被沙漠里干燥的太阳晒得又黑又红。他忽然对自己代表德华来敦煌招生有了新的理解。这个国家需要年轻人去做各种各样的事情。有的当兵,在大漠深处苦练驾驶技术和作战技术,保卫国家。有的到德华学习盖房子建大桥,建设国家。当然,还有的去北飞,学习造飞机,搞宇宙飞船。再有的去上海工大,学习造船。想想还真是缺一不可。既然这样,其实那些阳关中学的考生到哪个大学读书都是一样的,说穿了,也都是为国家培养人才,所以,他和老张完全可以放松点,他们和北飞也好,之大也好,工大也好,像现在这样搞个你死我活似乎也没什么必要。

看着又一个精神抖擞的小伙子驾驶着一辆高大的军用卡车轰响着从旁边驶过,李果很想和老张聊几句自己的这个比较高级和符合主旋律的感想。可他却听到坐在前排的老张发出了很响的鼾声。他不禁由衷感慨,老张这几天实在太投入了,尤其是昨天,他又是坐镇宾馆会议室运筹帷幄,又是驱车奔袭鸣沙山,又是忽然中暑,又是上吐下泻,还勇敢地与北飞的酒糟鼻展开贴身肉搏,晚上又穿着尿不湿和他联袂与莉莉一家人进行舌战,回房间后又与那些家长电话沟通,今天还这么早起来安排去阳关的事情,确实也是够辛苦的。可是,他自己昨天晚上却还没心没肺地睡着了,不禁深感惭愧。

远方是看不到尽头的空旷的荒野,公路上的汽车越来越少,路两边从偶尔长着几棵灌木的戈壁变成了寸草不生的沙漠,很偶然的,会有一丛似乎已经死掉的灰色的干枯的骆驼刺,孤独地一晃而过。在阳光下,一切都似乎变得非常安静,两边的沙漠景色是如此相似,以至于使人产生了错觉,以为汽车一直停在沙漠里的某一个地方,根本不曾移动一点距离,只有汽车发动机的有韵律的轰鸣,才让人觉得他们似乎正在向前行驶。李果渐渐感觉自己的眼皮也越来越重,车窗外的沙漠也越来越模糊。忽然,他听到老张在前排打起了电话。他赶紧努力睁开眼睛,让自己清醒了过来。老张已经挂掉了电话,扒着邓师傅的座椅回头对李果说,刚才他已经和阳关的那个考生联系好了,十点钟在镇里见面。

"怎么约在十点?"李果有点困惑地问老张,看了看时间,"现在八点都不到,不能早点?"

"那个考生说他爸爸要他先去办点事,十点他才能到阳关镇口的他们家开的一家小杂货店见我们。"

"明白了。"

"那你们来得太早了,最多再过十几分钟,我们马上就要到阳关镇了,你们还要等两个多小时才行。"邓师傅转头看了看老张和李果。

"是啊,这么热的天,去哪里好呢?"老张点点头。

"我觉得,你们可以去阳关看看。很近,就在阳关镇旁边。"邓师傅按了按喇叭,从一辆小汽车旁超过。那辆车的司机很可能在打盹,车在中线扭来扭去的。

"哦,是吗?"李果兴奋起来,"这个阳关是那个'西出阳关无故人'的阳关吗?"

"是啊,当年唐僧就是从这里出关去西天取经的。张老师、李老师,我瞎说几句,你们可能不知道,在给曹总开车前,我也做过几年老师的,不过是小学老师,可在我们这里也算是个文化人了。文化人到哪里去,不就喜欢看个古迹?何况这里是阳关啊,这么有名的地方。你们要是这次过阳关而不入,肯定会遗憾的。而且,现在这里建设得不错,是我们这里很有名的景点,值得一看的。"邓师傅扭头对他们笑了笑,"你们说我说得对不对?"

"好,那就按你说的,我们先去阳关看看。"老张爽快地说,"去当个文化人。"

"张老师幽默,你们本来就是文化人。"

"我不是,李老师才是文化人,他是学文学的。他来敦煌,就是想来看看这些文化古迹的,什么莫高窟啊,鸣沙山啊,阳关啊,玉门关啊,他都想去看看的。昨天我们去看了鸣沙山,感觉确实很好。我本来不想去的,后来李老师硬要拉我陪他去采风,结果采了一嘴沙不说,还一不小心在月牙泉把鼻子都磕烂了。喏,你看,现在我鼻子上还贴着创可贴。"

邓师傅知道老张在开玩笑,哈哈哈地笑了起来。

李果也忍不住被老张的胡扯逗笑了。

"在我看来，你们都是文化人。我觉得鸣沙山好，莫高窟也很好，可阳关也不错，各有各的味道吧。再说，你们不是来招好学生的吗？说不定去看了阳关，就能招到好学生。不是有句话说，你走你的阳关道，我走我的独木桥吗？阳关大道就在这里。我们本地有些迷信的人，遇到什么倒霉的事、不开心的事，到阳关大道走一走，就好了。"

"哈，那就借你吉言了。"老张也笑了起来，"我这个人也很迷信的，既然这么灵，等会我们一定要在阳关大道上走一走。"

李果原以为这个时间天气还不是很热，阳关这么个有名的旅游点会很热闹，可他们到了阳关风景区的不知道是仿汉代还是唐代的城楼的大门附近后，却发现售票窗口排队的游客寥寥无几，而飘荡在空中的古琴声更加增添了这里的寂寥。李果听了一下琴声，很奇怪，竟然不是应景的《阳关三叠》，而是《高山流水》。他们问邓师傅进不进去，邓师傅说他已经来了不知道多少次了，就不进去了。老张说理解，每次有外地朋友来上海，叫他一起去南京路、东方明珠看看时，他都想吐。邓师傅也笑了。李果就对邓师傅说"好"，让邓师傅在外面停车场等他们，然后他就和老张从那个门额上写着"阳关"两个大字的城楼下走进了像一座城一样的阳关景区。可他们走进去才知道，其实这个城只是个四周有回廊的比较大的院落。老张以为这座城就是阳关，门口的工作人员却说这只是博物馆的入口,让他们穿过这个院落去乘电瓶车,然后才能到真正的阳关的遗址。他们就在琴声中穿过这个空旷的院落继续往前面的一扇大门走。出了大门后,琴声突然消失了,李果看到在不远处有个木头做的候车厅,前面稀稀拉拉地停了几辆可以坐七八个人的电瓶车。

有辆电瓶车已经坐了几个人,李果看到车上有人在向他们招手,就和老张快步走了过去。司机是个小姑娘,她围了个透明的白纱巾,把自己的脸和脖子都蒙了起来,只露出了一双眼睛。等他们上来后,刚好凑齐了一车人,她立即驾驶着电瓶车向远处的一个山坡驶去。翻过山坡后,她把车停了下来,说他们到阳关了,叫他们下车。李果马上朝前看去,前面还是一个普普通通的由细碎的小石子和发红的黄土堆积而成的小山丘,他转头看了看老张,老张同样也是一脸困惑。司机小姑娘可能是看到了他们和其他游客脸上的疑惑的神情,就拉下遮脸的纱巾,告诉他们翻过这个小山坡就可以看见阳关和阳关大道了。他们这才下了车,沿着山坡,踩着哗哗作响的小石子和沙土向前走去。

"要是这座山后面还是山的话,那我就非跨不可了。这阳关大道不走也罢了。"

太阳已经升到了半空中,非常刺眼。李果走了几步,感觉晒得厉害,就用手搭在额头上往前看了看。

"别着急,那个蒙面少女不是说这座山后面就是阳关和阳关大道吗?"老张淡定地从西服口袋里掏出墨镜戴上,一副闲庭信步的样子。

李果对老张的处变不惊已经习惯，就笑笑继续和他一起向山坡上一步一步走去。果然，翻过这个山坡后，没过多久，他们就看到了一块一人多高的巨大的黄色石碑，从上到下用遒劲而古拙的汉隶写着红色的"阳关故址"几个大字。

"你看，这不是到了，"老张指着这块石碑，转头看了看李果。

这次，传说中的阳关才真正地出现在他们面前。不过，让李果震惊的是，眼前出现的并不是一座想象中的巍峨的城楼，而是一片起伏的褐色的山丘，在这些山丘中最高的山丘之上，有一座像山峰一样的早已废弃的烽火台。而在这片起伏的山丘的山脚下就是一片似乎无边无际的沙漠和戈壁，远处的祁连山就像一团白色的雾气一样飘浮在这一片沙漠和戈壁的尽头。

看着在阳光下似乎在冒烟的戈壁和沙漠，老张也不禁感慨不已。他对李果说他终于明白为什么王维当年在诗里要说"西出阳关无故人"了，出了阳关就是这样的沙漠，还有连绵的戈壁，别说"故人"了，就是人都不容易见到。

李果被他的话逗笑了，的确，这里的自然环境是很壮观，很有"大漠孤烟直"的苍凉美感，可真正在这里生活，却不是一件容易的事。他想，这大概也是人们在莫高窟开凿洞窟，雕塑各种佛像的原因。在这样的地方，人很容易产生孤单无助的感觉，要是没有一个超越自然的寄托，确实很难活下去。

"阳关大道在哪里？"老张感慨完后朝左右看了看。

"你还当真了?让我看看,你看,那边应该就是了。"李果看到山脚下有条木头做的大约两三米宽的窄窄的栈道,往前方的沙漠里延伸了大约五六百米就戛然而止,像河流一样消失在干涸的沙漠之中,再也不见踪影。而这条栈道旁边同样有个石碑,也用隶书写着"阳关大道"四个红色的大字。

"没错,这就是阳关大道了。刚才邓师傅说过比较灵的,我们也去走几步。"老张不等他回答,就边自言自语边一个人往山坡下的栈道走去。

李果觉得太阳太强烈,本来不是很想去没有任何遮挡的栈道走这么一圈,可看到老张这么来劲,只好也跟了下去,和他一起沿着栈道走到尽头,又原路折了回来。

"怎么样?我们阳关大道也走了,这样等会我们去阳关镇找那个学生见面,气就更足了。"老张站在栈道入口,回头看了一下走过的那节木栈道。

"一定的!我们先走了阳关道,那北飞的人就只能去走独木桥了。"李果没想到老张还真有点小迷信,忍不住哈哈哈地笑了起来。

不过,老张还真来了兴致,和他又一起爬到了那个最高的山坡上,看了看那个虽然已经风化,但仍高高耸立的烽火台。然后,他们又冒着烈日在附近走了走,看看时间差不多了,才回到下电瓶车的地方。那个戴面纱的姑娘还在电瓶车上等他们,人齐后,她就启动电瓶车离开了这里。从景区出来,他们找到在售票口的凉棚下和人聊天的邓师傅,重新乘车向阳关镇驶去。

第十八章

　　确实就像邓师傅讲的那样，阳关景区离阳关镇很近，没花多少时间，他们的车就到了一片绿色的阳关镇。邓师傅放慢车速，从镇口的两排又高又粗的白杨树中间的一条不是很宽的马路上缓缓驶了进去。刚才在路边的阳光下反光的戈壁顿时消失了。邓师傅放下车窗，车轮发出轻微的沙沙声，带有杨树叶子的香味的清新的空气从外面刮到了车里，让人心旷神怡。马路边有条水渠，清澈的流水潺潺有声，白杨树后面则是一排排的用粗大的木头搭成的架子，上面挂满了绿色的藤蔓植物。李果开始还不知道是什么作物，突然看到有块木牌上写着阳关葡萄，才明白这是葡萄园。他立即口齿生津，口水一下涌了出来。

　　"怎么没看见有葡萄？"

　　"你们来早了，八月份来，就可以吃这里的葡萄了。"邓师傅转头对他们笑了笑，"我们阳关的葡萄可有名了，比吐鲁番的还好吃。"

　　老张没有搭腔，拿着手机盯着前面路旁出现的一个个小商店，念念有词，很快，车没走多远，老张就在路边的一排饭店中间找到了那个考生家开的小杂货店。他马上叫邓师傅停车。这是个单间的红砖墙的小平房,门脸不大,铝合金卷帘门拉到了半空,门口有个玻璃做的半人高的柜台,旁边有个贴着五颜六色的冷饮广告的白色的冰柜,可以看到里面的货架上摆着日用的油盐酱醋之类的东西。

"到了,就这家。"

老张和李果下了车,邓师傅把车开到旁边的一个饭店的凉棚下停了下来,从车里出来拿出一根烟躺在一张躺椅上抽了起来。他们走到小杂货店前面的一排放着各种品种的葡萄干的摊子前站住,李果正要问有没有人,立刻从里面走出来一个穿着白色圆领衫和卡其色短裤的个头瘦小的小男孩。李果一看就感觉他就是那个考生。这个小男孩可能是看到李果穿着德华的圆领衫,就主动问他们"是德华大学的老师吧",然后不等他们回答,他就拉过靠在杂货店墙边的两把折叠椅子打开请他们在一张小桌子旁坐下来。

"两位教授好,真没想到你们会过来,从敦煌到这里挺远的。"这个小男孩从冰柜里拿了两盒杏皮水过来,递给他们。然后自己也拉了把椅子,在他们对面坐了下来,"这是冰过的,很清凉解渴的。"

"说好了,小朋友,这个等会我来付钱。"老张接过杏皮水,用吸管插进去喝了一口,转头对李果笑了笑,"昨天我要是提前喝了这个,可能就不会中暑了。"

"不用,不用,这是我请两位教授的。"小男孩忙在椅子上坐直了身子摆了摆手,"麻烦你们为了我,这么热的天跑过来。"

"哈,不急的,有的是机会,以后等你到我们德华读书时再请我们喝吧,现在我们还是你的顾客,当然要自己买单。"

老张笑着又喝了口杏皮水。小男孩也笑了,露出了有点突出的大门牙。李果觉得这个小男孩很像个兔八哥,挺可爱的,而且还很懂事,也比之前他们接触的那些学生要成熟,待人接物也很大方。

这时,有个中年妇女骑着电动车来到杂货店前伸脚停下,叫了他一声"小二",叫他拿一瓶醋来。他忙答应了一声,从凳子上起来转身去店里拿了一瓶醋,递给那个妇女,那个妇女用手机扫了他的手机一下,付了钱,骑着电动车扭头向村里驶去。

"她叫你小二啊?"李果等他重新坐下来后问,"这个名字朗朗上口,很好记啊。"

"是店小二的意思吗?"老张也开玩笑问。

"不是,不是,老师,在我们家我是老二,从小家人就这么叫,所以村里的人也才跟着叫我小二的。"小二忙解释,有点不好意思。

"没事,我们也是随便问问,小二这个名字挺好的。我们也叫你小二,好不好?"老张笑了笑,又拿起了杏皮水。

"谢谢老师,当然可以。"小二又露出了兔牙。

"你对我们德华了解吗?"李果看热身差不多了,就单刀直入,"德华在上海,离敦煌比较远,很多同学可能不知道德华的情况。"

"我知道德华大学很好的,就是不知道我想学的专业好不好,合不合适。"

"你想学什么专业呢?"老张把杏皮水从嘴边放下来。

"我想学物理,或者人工智能也可以的,可不知道我的分数够不够。"小二犹豫了一下,"而且,也不知道德华这两个专业怎么样。"

"这个你可以放心,你的分数进德华应该是没问题的,至于专业,我们会尽量满足你的志愿的。"李果从椅子上坐了起来。

"那就好。我会好好想想的,老师。"

"听你爸爸说,北飞的人找过你?"李果拿起杏皮水喝了口,"没事的,北飞的老师我们也认识,如果你觉得北飞更合适,我们也会鼓励你去北飞的。"

听李果这么说,老张有点惊讶地瞪了他一眼,但李果装作没看到。他觉得自己终于可以在老张面前露一手了。不过,他这招欲擒故纵,还是跟老张学的。

"是的,昨天,北飞的教授是给我还有我大爸打过电话的。"

"大爸,不是你爸爸?"老张有点困惑地看了看李果。

李果也觉得有点奇怪,因为老张早上说是小二的爸爸和兰州招生组主动联系的。

"对的,老师,不是我爸爸,是我爸爸的弟弟,就是我叔叔。"小二明白过来,"我们这里管爸爸的弟弟也叫爸爸的,大弟弟叫大爸,二弟弟叫二爸,小弟弟就叫尕爸。"

"懂了。"老张转头看了看李果,"看来是兰州招生组的人没听明白。"

"因为我叔叔经常在外面跑,比较懂,我爸爸一点也不懂,所以,就叫他和你们联系的。"

"哦,既然这样,不管是你叔叔联系,还是你爸爸联系,都一样的,你叔叔和你爸爸肯定都希望你读个满意的大学。我们和北飞的老师的希望也都一样的。"李果把话题拉回来,"对了,北飞老师怎么说的呢?"

"北飞的老师本来要我今天去敦煌找他们的,可是我大爸,不,我叔叔前天去上海打工了,我婶婶也跟着去了,我一个人要看这个店,离不开,所以就没有去找他们。"小二认真地又有点犹豫地看了看李果,"北飞的老师给我打电话,劝我报北飞,他们讲北飞是造飞机的,德华是造房子的,造飞机比造房子的要高级。"

"造飞机是高级,可也不能说因此他们就会造房子啊。"李果被他的话逗笑了,感到他虽然比同龄人看起来要成熟,可到底还是个孩子,"再说了,这个世界上还是房子比飞机多吧。"

"嗯。"小二腼腆地看了看李果。

"好,你说造房子赚钱多还是造飞机赚钱多?"

"那,应该是造房子。"小二好像有点恍然大悟。

"没事，这个老师和你开玩笑的，造飞机赚的钱也很厉害的。"老张可能觉得李果的比喻有点滑边，突然插了进来，"你大爸经常去上海啊？"

"对的，他过去每年都要去上海推销我们这里产的葡萄干。这次和我婶婶一起去上海，也是准备边打工边推销葡萄干的，好像现在上海正在举办什么食品博览会。"

"哦，这样啊。"老张转头看了李果一眼，"难怪你大爸希望你去上海了。"

小二笑着点了点头。

"对了，你不是说你想学的是人工智能？这个专业我们也很强的，我们校长就是搞这个专业的，他在人工智能这个领域很厉害。你可以上网去查查，北飞这个专业没有我们好的，他们校长不是搞这个的。"

老张咳嗽了一声，似乎很权威地说了个似是而非的理由。李果虽然觉得他这话说得也有问题，可一时间又找不出来毛病。

"其实，我也很想学物理的，而且我听说金大的物理和人工智能都很好的。"小二也被老张搞得有点迷糊了，随口说了一句。

"金大的老师也联系你啦？"老张立即警惕地问。

"这个，是的，有个女老师联系的我，她讲金大的物理在全国数一数二，是最好的物理系，而且人工智能也很好，叫我报金大来着。"小二停顿了一下，似乎有点苦恼，"可是我大爸希望我报德华,他觉得上海比南京好,而且毕业了比南京好找工作。"

"哦,你大爸的考虑有道理的,你可能不知道,这位李老师就是金大毕业的,让他和你谈谈,到底是去金大好还是到我们德华好。不过,你要是考虑到毕业以后就去工作,那我建议你不要学物理,这个专业很难找工作。"

老张一脚把皮球踢到了李果这里。李果感到有点突然,他看看老张,老张意味深长地看了他一眼,拿起杏皮水使劲吸了一口。而小二也似乎充满期待地盯着他的脸,就好像他的鼻子上也像老张一样贴着醒目的创可贴一样。

李果只好开口谈自己的看法,他首先讲自己赞成张老师的建议,不管是去金大,还是到德华,最好都不要学物理,因为的确就业不好。可谈到人工智能这个专业时,考虑到金大是自己的母校,他还有点骑墙,说金大人工智能好,可德华也不错。但他讲了这句话后,老张忽然咳嗽了一下,而且,老张的鼻子瞬间除了那块创可贴是白的其他都红了。

看着老张坐立不安的样子,李果只好横下一条心,把金大"打入冷宫"。他告诉小二,他大爸的看法是正确的,金大的就业真的没有德华好,因为德华在上海,实习找工作都比金大方便,而且,上海有很多和人工智能有关的外资企业和大型国企,南京比较少,如果他去金大读书,今后想来上海就业的话,就有点尴尬了。

可让李果意想不到的是,小二本人听了他的话还没有来得及表态，老张在旁边倒是眉飞色舞起来。老张立即对正在发愣的小二插话说李老师就是个例子，他虽然在金大读书，可最后还是选择来上海就业了，这充分说明金大的就业不好。

看到老张如此诋毁金大，李果真是觉得鼻子上贴着唐老鸭创可贴的老张不是像个小丑，他其实就是个小丑。就是因为他的威逼利诱，自己才突然变成了金大的叛徒，挖了母校的墙脚。他想到金大的那个温和的娃娃脸老师，感觉自己不仅违背了金大"诚朴雄伟"的校训，还丧失了自己的人格。不过，显然他从就业这个角度来比较金大和德华的做法，激发了老张的灵感。老张像打了兴奋剂一样，把他甩到了一边，自己赤膊上阵，边叽里咕噜地吸着只剩下几滴的杏皮水，边滔滔不绝地把北飞糟糕的就业也贬斥了一番。他甚至不无痛惜地说，北飞毕业的学生都要到深山老林里的军工企业去工作，而且因为造飞机的很多都是保密单位，很有可能一入侯门深似海，半年不能出来见一个人，把小二唬得一愣一愣的。李果本来想及时制止老张，可看到他已经陷入胡言乱语的迷狂状态，很可能越是制止他越是疯狂，只好听任他胡扯了。

不过，还好时间已经快到中午，李果果断地提醒了老张一下，他这才恢复了理智，好不容易闭上了口干舌燥的大嘴巴。李果最后还是忍不住告诉小二，每个学校的老师讲的都有道理，关键还是看自己需要什么，让他和爸爸妈妈再商量一下再说。

"我没有妈妈了。"小二忽然对李果说了一句。

"你妈妈怎么了？"李果没反应过来，看了看老张。

"她前些年就生病去世了。"小二说。

"那，她要是知道你考上了好大学，也会很高兴的。"老张反应比较快，把那盒早已经喝完的杏皮水放在桌子上，"你爸爸现在就可以高兴起来了，如果你选择德华，我们基本上可以确定下来的。"

"是啊，小二，张老师说的没错。"李果顺口问了一句，"你爸爸在干吗？"

"我爸爸？"小二看了李果和老张，回头看了一眼店里，似乎有点犹豫，"他就在店里。"

"在店里？那小二同学，你怎么不早说，怎么不叫你爸爸出来呢？和你爸爸聊聊德华也很好啊。"老张和李果都转头朝店里张望了一下。

"我爸爸想出来的，可他不方便出来。"小二也回头看了一下店里。

"那我们方便啊，他在哪里？既然来了，我们就去和你爸爸见个面。"老张说着就起身离开了椅子。

"好的，老师们愿意见我爸爸，那太好了。"

小二赶紧起身领着老张和李果进了店里，从后面的货架绕了过去。李果这才发现这个小杂货店是长方形的，货架后面堆着装货的纸箱，大大小小的，有半人多高，像面墙一样把房间隔成两半。不过，屋子里并不阴暗，后面的墙上有扇玻璃窗开着，旁边是扇门，也敞开着，可以看见阳光和外面的葡萄架。门旁边有个灶台，上面摆着锅碗瓢盆，还有一台小小的电视机和一个落地电风扇。在窗下，放了一张大床，上面躺着个头发花白的男人，他的上半身光溜溜地露在外面，身上盖着一床被子，正睁着眼看着他们。

"爸爸，这两个老师就是德华的教授。"小二过去坐在床边，帮他把被子拉到了肩膀下面。

"哦哦哦。"小二的爸爸在床上抖动了一下，可是不仅没从床上起来，头也没能扭动一下，最后，从他的嘴里嘟噜出了一串含混不清的语音。

"我爸爸说谢谢你们。"小二忙抬头把爸爸的话翻译了一下。

李果闻到了从床上散发出的一股浓烈的尿味和汗味。看样子，小二的爸爸很明显是瘫痪了。

"没关系，这是我们应该做的，小二很优秀，我们很欢迎他来上海德华大学读书。"老张也明白小二的爸爸是怎么回事了，忙弯腰对着他大声说了一句。

小二的爸爸又嘟囔了一串声音。

"我爸爸说谢谢你们，很感谢。"小二又翻译了一下。

"这样，小二，我们还要赶回敦煌，先和你爸爸告别，有事情，你再和我联系，我也会和你随时联系的。"老张看看小二，然后又对他爸爸大声说，"我们有事得走了"。

小二的爸爸又嘟囔了一声，小二这次没翻译，拍了拍爸爸，就起来和他们一起向店外走去。

"对了，小二，你说你是老二，那老大呢？"老张走出杂货店，转头问小二。

"老大是我姐姐，她没有考大学，因为我爸爸生病了，她高二就去兰州的一个饭店打工做服务员了。"

"你爸爸生的什么病啊？"李果也跟着走了出来。

"我爸爸过去在酒泉当建筑工人，有次脚手架倒了，就摔了下来，送到医院抢救，命保住了，可是人瘫痪了，治不好，说话也不清楚了。"小二低声说。

老张站在门口扭头看了看旁边的饭店，对坐在躺椅上看手机的邓师傅挥了挥手。

"邓师傅，我们可以回敦煌了。"

"好的。"邓师傅已经看到他们走了出来，立即起身去开汽车驾驶室的门。

"小二，听张老师的话，你还是学人工智能比较好，这样毕业了好找工作，可以给你爸爸看病，尽早挣钱养家。"老张拍了拍小二的瘦小的肩膀。

"谢谢老师。"小二点了点头，好像经过他们这么一说，心里也有了点主意。

邓师傅把车开了过来，停在路边。老张突然想起来要付小二那两盒杏皮水的钱，可小二说什么也不要。李果就在他的摊子上买了两包葡萄干，多少算是表示了一下。

不知道为什么老张对小二报考德华有一种迷之自信,上了车后,他就像个话痨一样不停地转过头和他聊天,对他们这次奇袭阳关镇取得的意想不到的战果欣赏不已。老张说他觉得这个小二是穷人孩子早当家,而且,他从小在家里跟着大人做生意,肯定潜意识里对就业比较在乎,本来他大爸就想让他去上海,再加上又经过他们这么一介绍上海和德华,肯定十有八九要抛弃金大和北飞了。

李果觉得老张可真是够啰唆的,感到他来敦煌这几天还从来没这么像个话痨过。他兴致这么高,自己又不好意思不听,就倒在后排座椅上闭着眼睛假装听了一会,边听边"嗯嗯"。可李果"嗯"了没几声,就昏睡了过去。

第十九章

第二天早上，这也是李果和老张在敦煌待的最后一天，他们很早就来莫高窟餐厅吃早餐。因为老张明天有一天的课要上，不好调整，所以他和李果来之前就订好了今天上午回程的机票。可俗话说，莫道君行早，更有早行人。李果本来以为这么早没几个人来餐厅吃早餐，可他和穿着花里胡哨的夏威夷衬衫的老张来到了餐厅门口后，才发现餐厅里就像第一天来这里吃早饭时一样，竟然又是济济一堂。而且，不像第一天吃饭时大家都在窃窃私语，今天好像所有的人都在欢声笑语，以至于餐厅里播放的《阳关三叠》的古琴曲不时被各种爆笑声打断，变得结结巴巴，让人很担心录音里的古琴的琴弦随时都可能被看不见的古琴高手生气地弹断。

不知道是因为这两天大家都抬头不见低头见的，还是因为今天考生就开始正式报志愿，大家该做的工作也已经做完，大局已定，所以，很多大学的人既不像第一天的时候那样各自坐一起，也不像第二天的时候是和自己的敌人的敌人坐在一起，而是随意地坐在了一起。李果看到上海工大麻脸哥和震旦的那个留着大波浪长着烈焰红唇的女老师坐在一起，他还一眼看到金大的那个娃娃脸女老师和科大的一个男老师坐在一起。不过，因为昨天自己在阳关镇被老张逼着违心地说了一通金大的坏话，而且并没有鼓励那个想学物理的兔八哥男孩选择金大去搞崇高的科学，他自感不仅有点愧对娃娃脸女老师，也愧对母校，他很怕被那个娃娃脸女老师看见了尴尬，赶紧把眼睛从娃娃脸女老师那里移开了。

所以，李果端着餐盘盛满东西后，有意走在老张前面，找了个离金大的那个女老师比较远的桌子坐了下来。可他没料到，他和鼻子上又换了个米老鼠创可贴的老张刚坐下来，北飞林志玲和她的那两个男同事也端着餐盘走了过来。李果看到他们犹豫了一下，四处张望了一番，可后来大概是别无选择，找不到别的有空三个位置的桌子了，只好有点磨磨蹭蹭地不情愿地在他们的桌子旁沉默地坐了下来。

"哦，欢迎各位北飞的老师，能与大家一起共进早餐，很荣幸啊。"

李果没想到老张脸皮真厚，竟然会主动对他们打招呼，一点不像他的性格。可他转念一想，随机应变才是老张这条变色龙的真正的性格。

"嗯，你们好！"北飞林志玲的黑色的俏脸红了一下，拿着叉子在沙拉间叉了几叉，似乎还对自己前天不慎掉到月牙泉里搞得狼狈不堪有点难为情。

"前天的事情抱歉了，我们也是一时冲动才报的警。"老张很坦诚地说，他又转头对那天打了他鼻子一下的酒糟鼻老师笑了笑,"我们是不打不相识,等会扫个微信,我把那架坠毁的无人机的钱赔给你。"

"不用客气,不需要了,那架无人机本来就是我们北飞自己弄的,没几个钱的,而且这个无人机是学校发给我们用来招生的广告,坏了就坏了,不用赔的。"酒糟鼻也嘿嘿地干笑了起来,"再说,我们本来就是兄弟院校,所以才相爱相杀嘛。"

"对的,真是不打不相识,前天的事,我们也是急了点,没跟你们打个招呼什么的,就把那几个学生带出去活动了。"另外一个北飞的男老师也表示了歉意。

"理解,大家都是想招几个好学生。"老张也很感动地说,"大家都是各为其主。"

"是啊,现在在这里吃饭的人还不都是为了这个来的?"北飞林志玲终于也开了口,"其实,我们这么抢来抢去没什么意思。北大、清华是抢状元,好歹还有点新闻效应,可以吸引眼球。我们这么累得半死,谁知道呢?而且,抢来抢去,也就为了学生彼此之间差的那个两三分,甚至一两分,你说学生差这么几分能有什么区别呢?进了大学还不是都差不多,其实完全可以忽略不计。这点学生不知道,家长不知道,难道我们还装不知道吗?!"

"不要迷信北大、清华,我看他们也是在乱搞,真的就像你讲的,主要还是为了吸引一下眼球。其实,他们和我们相比也就是五十步笑百步,你说高考比别的学校的多个一二十分又能怎样?我就是北大毕业的,还是我们省的状元,可你看看,我现在不也就是这么回事,我也没觉得比当年北飞毕业的同学强多少。"酒糟鼻对着北飞林志玲粲然一笑,又赶紧用手指捏了捏自己发红的鼻子。

李果感觉,如果他当年不读北大,很可能鼻子就不会毁容,那么,他对着美女同事笑的时候,笑容应该会更灿烂点,人也更自信点。

"老兄讲的是这个道理,我也是这么想的。现在每年搞什么大学新生入学分数排行榜,真是把人逼疯了,好像招的学生高考分数不进入前十名就什么也不是了一样。"老张和酒糟鼻共鸣了一下,叹了口气,"其实,我有大学同学在北飞教书,知道北飞也很好的。学生真要是选择北飞,不选择德华,也没什么的。"

"这个我同意的,我也觉得学生不到北飞来,选择德华,也很好的。我上个学期还去德华开过学术会议,知道你们各方面也很不错的。"北飞林志玲也由衷地点了点头,"而且,上海气候好,比较湿润,对我们女生的皮肤好,当然,对你们男生的皮肤也好的。"

她这句话一说,李果和老张,还有北飞的那两个男老师都哈哈哈地大笑了起来。他们就这样你一言我一语地聊了起来,到后来,大家竟然找到了共同的熟人,不禁纷纷感慨,世界真小。最后老张干脆提议,一起面对面建个群,几人一时激动起来,还互相发了个红包抢了抢。

因为李果和老张还要去赶飞机,所以提前向北飞的人彬彬有礼地告了辞，彼此都很礼貌，似乎有点依依不舍的样子。在餐厅门口，他们又碰到了上海工大麻脸哥，他好像对李果他们今天就走感到困惑，问他们为什么不等今天学生填好志愿后再离开。李果解释说老张明天有课，所以要赶回去。麻脸哥听了也忍不住感慨了一声，说其实他留下来也就那么回事，学生报上海工大也好，震旦也好，之大也好，都可以的。李果关心地问，那个被之大抢走又吐出来的阳关中学的学生最后锁定没有。他脸上的麻子一下子变红又一下子变白了，他有点生气地说没想到半路又杀出了北京政经大学这个不正经的大学，据说不仅抛出了个新生奖学金什么的，还说有个和英国"牛筋"大学联合培养的什么政治学、经济学、哲学的混血的本科生项目，顿时就把考生和家长征服了，那个小朋友也不学土木了，准备以后去从政，于是他们工大就完蛋了。

"什么牛筋大学，我看是牛皮大学！"麻脸哥把牛津大学说成是牛筋大学还感觉不过瘾，干脆说是牛皮大学了。

"这样不好吧，大家都是兄弟院校啊。我在上海工大的时候经常和之大的人来往。"老张忽然不阴不阳地来了一句。

"是啊，可你懂的，上海工大、震旦还有你们德华是一样的啊，老是觉得自己在上海，自我感觉很好，有点上海人风格的，搞得小气兮兮的，关键时刻总是不肯亮剑，拿出点真金白银来。不像浙江人那么灵活，还有钱。我们在这里就是累死了也没用的啊。"

麻脸哥听了老张的话不仅不生气，反而引发了某种深层次的共鸣,眼泪似乎都要当场流下来,激动得有点语无伦次。他眼睛里亮晶晶的,脸色潮红,麻子的颜色却深浅不一,似乎反映了他的百感交集的心情。他一把抓住老张的手摇个不停,就像老张是那春节前夕带着组织的慰问品前来访贫问暖的领导一样。

"这个我理解的,都有难处,都有难处,上海工大也有上海工大的难处啊。"老张把手抽了一下,想从他的手里抽出来,可没抽出来。

"对的,张老师到底是老工大人,能够理解我。我已经跟我们领导说了,我已经尽自己最大努力了,无所谓了,反正都是国家的大学,一样为国家培养人才。"

"说得是,到之大读书以后最多淘淘宝,上海工大嘛还可以在上海做做白领,可这是那个学生自己的选择,让他去。"

老张把手从他的手里好不容易抽了出来,像个大哥一样拍了拍他的肩膀。

不过,李果明显感觉,老张的安慰对麻脸哥来说剂量似乎远远不够,还好他们及时离开了,再多待一分钟,那他很可能就要抱着老张的秃头抹眼泪了。

李果在老张退房时已经用"滴滴哒"叫好了出租车,等他们从宾馆里走出去时,却看到邓师傅等在外面。原来昨天老张回来后已经叫邓师傅带话给曹总,今天麻烦他送一下他们。曹总当然没二话,立即爽快地就答应了。李果听老张解释后只好退掉了"滴滴哒"的车。邓师傅还是很客气,主动帮他们把行李箱提到了后备厢里。老张坐到了后座,李果坐到了副驾驶位。车子启动后,邓师傅问李果招到了昨天那个阳关镇的学生没有。李果含糊其词地说了声"应该问题不大"。

"说真的,你们这些大学老师真不容易,这次我跟着你们也是长见识了。有时候真是到锅里的鸭子也会飞掉。昨天我把你们送到宾馆回公司后,听曹总说,徐总的女儿很优秀,北大、清华的老师也争来争去搞得不可开交,最后你猜猜她去哪里了?"

"清华吧?他想让女儿学建筑,开始还准备到我们德华的。"李果随口说着,把安全带扣好。

"是啊,我知道啊,前天吃饭我也在啊。可是,你们知道吗?徐总的女儿最后是北大也没去清华也没去,去了香港的大学了。曹总说香港的大学给了徐总的女儿好多奖学金,好像有八九十万,而且,孩子大学毕业后还可以留在香港工作,所以,徐总的女儿就去香港的大学了。"

"真的?"李果扭头看了老张一眼,"这也太离谱了吧!徐总就为了这点钱叫女儿去香港,不至于吧?!"

"还好吧,也不算离谱。而且,也不是钱多钱少的问题,徐总也不是傻瓜。香港的大学的学术水平不比国内差,而且国际化程度要比内地高很多,对外交流做得也很好,学生以后去美国、英国留学也更容易,如果是我,我也会选的。"老张似乎早已知道这个消息,身体依然很平静地靠在椅背上,一点不像李果那么震惊。

"哦哦,是,香港的大学不错的,这个我知道的。"李果听老张这么讲，觉得也有点道理。可扭过头来，他还是感到多少有些不可思议。他不禁对他和老张这次能否最后在敦煌争取到一名考生产生了怀疑。他估计老张的心里也在打鼓。

出租车很快驶上了通往机场的公路，路边的白杨树又高又绿。李果不禁感到如释重负，他想不管结果如何，他和老张也真是尽力了。这时，老张忽然在后座上叫了他一声，他回过头，老张把自己的手机伸了过来，他看了一下屏幕，不知道什么意思。老张告诉他这是王主任的信息，那个戴眼镜的女孩莉莉和她妈妈刚才到学校报志愿，在他鼓励下决定放弃金融去学医，她们已经把德华放在第一志愿了。而且，老张又补充了一句，莉莉是德华在敦煌的几个目标考生里分数最高的考生。

"好，好，总算是板上钉钉了，我们的任务完成了！"李果高兴得转身和老张击了一下掌，恨不得扑过去亲他的大光头一口。

"看来，这次是必须要请王主任到德华去玩一趟了，还有就是回去必须打听到王主任女神的下落，不然还真对不起他给我们搞定莉莉这个高分女孩。我已经把这个信息发到兰州招生组的群里了，你快看，他们都在群里发大拇指。看，院长也发了个大拇指，还献花了！"老张探头抓住座椅靠背对李果摇了摇手机。

其实，李果已经看到了，但为了满足老张的变态的虚荣心，只好也在群里发了个大拇指，给了他一个似乎有点谄媚的赞赏。

邓师傅看到老张兴奋得合不拢嘴，也回头对老张说了声祝贺。

"你们真厉害！"

"厉害了，我的国！厉害了，我的敦煌！厉害了，我的德华！很好，笑到最后才是笑，我们这趟总算是不虚此行了，这下该那几个北飞的人哭了。"老张得意地收起了手机，伸手撸了一下光头上的那撮头发。

李果发现，老张春风得意后，好像他的那一缕头发突然变多了，他连撸了好几次才把手放下来。不过，李果觉得老张多少有点激动得昏了头。但他很愿意想象一下北飞林志玲哭得梨花带雨的样子，也许比正版林志玲还要迷人？

到了机场，他们和邓师傅挥别后，顺利地通过了安检。时间还早，他们拉着行李箱找了个安静位置坐了下来安静地候机。李果忽然想起来小二，老张在路上一直没说，不知道到底搞定没有，今天就要报志愿了，结果如何，他也有点好奇。他忍不住问了问老张。

"你承受得住吧？"老张咳嗽了一下。

"当然，大不了金大再把他挖走呗。不过，反正也无所谓，我们已经有莉莉报了，也算是完成任务了。"李果真心地对老说，经历了这几天招生的反反复复，他的神经已经无比坚强了。

"昨天我们回宾馆后，我一个人反复想了想，最后把小二放弃了。"老张叹了口气，"这个事情，是我一个人的决定，没来得及对你讲。"

"什么？为什么？"李果有点吃惊，他转头看着老张，不知道老张葫芦里卖的什么药。

"我找了之大的人，叫他们争取录取小二，后来又给小二打了电话,鼓励他选之大。之大的人工智能也不错。"老张轻描淡写地看了他一眼。

"不会吧,你这么大公无私?"李果真的有点糊涂了。他怀疑老张脑子有点错乱了。

"真的,今天早上,小二还联系我,说已经报了之大。你看,他的家庭条件那么不好,不管是报我们还是金大,都拿不到一分钱,可是报之大的话,可以多少拿到点钱。"

"之大不是被教育部通报了吗?他们还敢顶风作案?"

"很简单啊,他们虽然不敢再给前面锁定的考生钱,把之前承诺给奖励的考生都退了,但是他们还是要完成在甘肃的招生计划啊,所以,他们只能再重新争取考生,可前面的考生基本上又被其他学校锁定了。他们是巧妇难为无米之炊,急得像热锅上的蚂蚁一样。刚好有个之大的人住我隔壁,希望我给他们推荐合适的学生,我就推荐了小二试试。没想到他们立即同意了,而且还答应给他新生奖学金。"

"有多少?"

"十几万吧。虽然对我们来说是不多,可对小二家来说,是笔巨款了。"

"那是,这么多钱,对我这个青椒来说也是巨款啊!我一年也挣不到这么多钱。"

李果没想到老张还有这么一手,不知道说什么才好。

"对我这个资深副教授来说,也是巨款。"老张根本不同情他。

"好吧，之大的人再给小二钱，他们不怕再被举报？"

"不会，大家都不傻。今天考生已经开始填志愿了，哪个学校的人要再举报，那不是把考生的一辈子给毁了吗？明年谁还敢报这个学校啊。再说，考生志愿都报了，教育部再批评不就马后炮了吗？"

"懂了，可我觉得，小二这个孩子不错的，昨天我们跑了那么远做了那么多工作又放弃了，总归有点遗憾。"李果感到自己昨天说了那么多母校金大的坏话，最终小二也没来德华，却去了之大，感觉自己不仅做了一场无用功，还扭曲了自己，心里多少有点过意不去。

"人生本来就这样吧，我们做的很多事情其实本来也都没什么意义，也都没什么回报，很正常，不过就是大家找个事干干，假装有意义而已。你看我们这么多人在这里，其实也就是瞎忙活一场，早上在餐厅大家不是都讲了，我们这些学校的录取分数线有的就差一两分，就为了这一两分，大家搞得鸡飞狗跳的，可你说学生高考别说差个一两分了，就是差个一二十分又有什么关系？进大学后还不知道怎么样呢。当然，没能录取小二，我也感到挺遗憾的。不过，好像是哪个名人说过，人生从来就没有十全十美的，你是学文学的，这个肯定比我懂。但是，总的来说，这次我们来敦煌招生，虽然过程曲折了点，结果还是比较完美的。而且，对你来说，这次敦煌之旅还是很圆满的，这就行了。"老张高屋建瓴对这次敦煌招生做了总结性发言，然后打开手机上的镜子整理起了自己秃头上的那缕头发。

"哪里，对我个人来讲，还是有点遗憾的。我这次跟你来敦煌招生，就是因为想到莫高窟看看，可是忙到现在都要回去了，我还连个莫高窟的大门在哪儿都不知道。"李果觉得老张说得太轻巧，不依不饶地又来了一句。

"瞎讲八讲，你都在莫高窟餐厅吃过饭了，还想怎样？"老张觉得自己这话讲得很妙，忍不住收起手机哈哈大笑了起来，"没关系，小事情，明年你再和我来敦煌招生就可以了。到时候我们提前一天来，让曹总安排一下，专门去莫高窟，找个飞天在你面前跳个舞，让你看个够。"

"我的天，你明年还要再来？你爱来你一个人来吧，我是不来了。"

"话不能说绝啊，要是北飞的那个长得很像林志玲的女老师明年还来呢？我看你还来不来？"

老张笑得肩膀一耸一耸的。

李果高声打了个哈欠，闭上眼睛，假装打起了盹来，不再搭理老张。他觉得老张这个人可真是够出壳的。不过，看来他这次的教授职称有戏了。当然，他们这次的奖金也少不了，他这几天也算没有白辛苦一场吧。

2019年7月23日

曹家堡五角场

2020年11月24日

改于五角场